Bibliografische Information der Deutschen Nationalbibliothek: Die Deutsche Nationalbibliothek verzeichnet diese Publikation in der Deutschen Nationalbiografie; detaillierte bibliografische Daten sind im Internet über dnb.dnb.de abrufbar.

Herstellung und Verlag: BoD – Books on Demand, Norderstedt

ISBN: 978-3-7519-7773-9

Hetero Daddy und Gay Mom - die kollegiale Idealkombination

-Wahrhaft lustige Anekdoten einer ganz eigenen Beziehung-

Inhaltsangabe

Bemerkung:

Die jeweiligen Beiträge der beiden Autoren sind
gekennzeichnet mit einem voranstehenden
„Birgit" oder „Volker". Gemeinsame Beiträge
sind mit vorangehendem „Volker und Birgit"
gekennzeichnet.

3

Einleitung

Volker: Dieses Buch ist nicht die übliche zu erwartende Thematisierung einer Arbeits- und Freundschaftsbeziehung zwischen einem heterosexuellen Familienvater und einer gleichgeschlechtlich orientierten Kollegin und Mutter. Vielmehr soll hier der Versuch gewagt werden diese Beziehung zwischen zwei befreundeten Kollegen humorvoll darzustellen. Dabei sind wir gar nicht erst bemüht zu unseren unterschiedlichen Lebenseinstellungen und Orientierungen irgendwelche Probleme zu erörtern, wir haben nämlich gar keine. Weder mit unserer Umwelt, noch mit unserer Arbeitswelt und schon gar nicht in unserem privaten Lebensbereich.

Es mag fast gar nicht glaubhaft erscheinen, aber es ist tatsächlich möglich, dass zwei anscheinend völlig verschiedene Lebenseinstellungen, besonders zwischen einem heterosexuellen Kollegen und einer eher gleichgeschlechtlich orientierten Kollegin, völlig problemlos miteinander bestehen können und dabei auch noch freundschaftlich miteinander Umgang gepflegt wird. Vermutlich funktioniert das, weil wir völlig entspannt und immer mit einer gehörigen Portion Humor unser Zusammenwirken leben, viel lachen, oft übereinander, manchmal gar über uns selbst, gern auch über andere.

Gesellschaftlich ist es inzwischen in fast allen Lebensbereichen, zumindest in unserer Region, mit einer gemeinsamen Arbeitsstelle in Berlin und einem regionalen Lebensradius bis ins benachbarte Brandenburg, völlig normal nach eigener Façon glücklich leben zu dürfen. Kurz, hier interessiert es keine Sau wie jemand sein Leben lebt, solange niemand anderes dabei selbst eingeschränkt wird.

Daher können wir hier also beim besten Willen nicht auf die Einhaltung gesellschaftlich korrekten Verhaltens pochen, auf Schwierigkeiten hinweisen oder rumjammern. Wir wollen lieber die spaßige Seite dieses Umstandes beschreiben. Denn man kann wirklich eine Menge Spaß haben in dieser Konstellation, das Leben ist schön, wenn man nicht ständig jede Kleinigkeit bierernst nimmt, aufbauscht und vor allem sich selbst nicht zu ernst nimmt oder zum Maß aller Dinge erklärt. Ganz besonders ist dies so, wenn man das maximal Beste aus dieser Situation macht.

Damit sich der geneigte Leser ein Bild von uns machen kann und dadurch möglicherweise die nächsten Nächte von völlig berechtigten Alpträumen und sonderbarem Kopfkino verfolgt wird, dafür aber sicher auch ein paar Tage auf sonstige, kostenpflichtige, mediale Unterhaltungsangebote des Horrorbereichs verzichten kann, werden die beiden wackeren Arbeitnehmer hier erst einmal beschrieben.

Da ist zum einen Volker, der Familienvater fortgeschrittenen, mittleren Alters, seit gefühlt 100 Jahren, in der Realität wohl aber erst seit etwa 23 Jahren, verheiratet. Vater einer inzwischen gerade volljährig gewordenen Tochter, die noch eine Sportschule mit Internat besucht, aber natürlich an den Wochenenden und in der Freizeit zuhause im elterlichen Haus wohnt.

Geboren und aufgewachsen ist dieser Hetero Daddy in Berlin-Kreuzberg als ältester Bruder von insgesamt drei Geschwistern.

Seit „etwa" 23 Jahren verheiratet beschreibt übrigens einen entscheidenden Schwachpunkt des zuvor beschriebenen Ehelebens, denn Volker vergisst so ziemlich jeden Geburtstag, auch den der werten Gattin, genau wie auch die meisten Hochzeitstage, so dass tatsächlich soeben beim Beschreiben der Ehejahre erst mal die gute Kollegin Birgit von ihm gefragt werden musste wie lange er eigentlich schon verheiratet sei.

Das Gute ist, Birgit weiß sowas, Birgit merkt sich vieles, Birgit erinnert manchmal auch an bevorstehende Geburtstage und Hochzeitstage. Birgit ist die Beste.

Das hat dem vergesslichen Familienvater schon so manche verdiente Bestrafung durch seine ansonsten sehr friedliche Ehefrau Dani erspart, die übrigens bei vergessenen Hochzeitstagen eigenartig intolerant werden kann, bei dem Ersinnen angemessener Strafen dafür aber oft äußerst erstaunlichen, einfallsreichen Humor bewiesen hat und dies auch noch frech als „Notwehr" bezeichnet.

Abhärtend zur Charakterbildung des, laut glaubhaften Bekundungen seiner liebreizenden Frau Dani, überaus glücklich verheirateten Familiendaddys Volker trug wohl auch der Umstand bei, dass er in einem eindeutig weiblich geprägten Haushalt seine triste Existenz fristen muss. Neben Ehefrau und Tochter ist sogar der überaus liebenswerte Familienhund weiblichen Geschlechts. Als dann endlich im letzten Jahr ein Wurf von dieser Schnauzerhündin erfolgte und davon ein männlicher Welpe nicht weggegeben, sondern als Verstärkung des Schnauzerwachhundteams in die Familie aufgenommen wurde, stellte sich unerwartet schnell heraus, dass dieser junge Rüde auf männliche Solidarität keinen Pfifferling gab und sich voll und ganz Frau und Tochter verschrieben hat. (Und später auch noch Birgit und deren Tochter). Der hat wohl schnell erkannt wie die Verhältnisse liegen. Verrat an allen Ecken dieses Frauenhaushalts mit einer einzigen bedauerlichen, männlichen Dienstleistungsservicekraft in ehelicher Knechtschaft. Natürlich ist der Autor an dieser Stelle doch wieder, ganz kurz, in eine tränenreiche Opferrolle geschlüpft und harrt irgendeines Trostes, natürlich vergeblich. Was für eine harte Gesellschaft, aber wir wollten ja eigentlich nicht gesellschaftliche Korrektheit oder Gerechtigkeit einfordern in diesem Buch, also weiter.

Kommen wir zu etwas Erfreulicherem, kommen wir zu Birgit oder wen man so erfreulich nennt, wenn sie gerade gefährlich nah in Reichweite ist.

Birgit: Und Schwupps, da bin ich, die Birgit!

Selbstverständlich bin ich deutlich hübscher als der Volker und natürlich jünger! (1) Naja etwas... Meine ersten grauen Haare, welche eifrig überfärbt werden, entstanden nicht durch Volkers Anwesenheit und Frechheiten, das muss hier wahrheitsgemäß Erwähnung finden. Auf den ersten Blick haben Volker und ich eigentlich wenig gemeinsam.

(1) Ja, ja, deutlich jünger, 2 Jahre, haha.

Die schönste Gemeinsamkeit zuerst: Auch ich habe eine erwachsene Tochter, welche in einem anderen Bundesland studiert und immer wieder lustige Ähnlichkeiten mit der Mama aufweist.

Dann ist da natürlich derselbe Arbeitsbereich, wodurch wir uns überhaupt erst kennengelernt haben.

Aufgewachsen bin ich als Einzelkind im Süden Berlins und im Grunde bin ich auch immer in der Gegend geblieben.

Ich führe nicht mehr das klassische Familienleben, habe aus zeitlichen Gründen kein Haustier wie Volker und bin mir ziemlich selbst überlassen. Das ist keine weinerliche Klage, sondern mein freier Wille! In der Vergangenheit lebte ich viele Jahre mit dem Vater meiner Tochter und anschließend mit einer Frau zusammen. Ich habe eine liebe Familie und einen humorvollen, zuverlässigen Freundeskreis.

Wenn nicht gerade eine Pandemie herrscht, verreise ich für mein Leben gerne.

Der geneigte Leser kann also auf den ersten Blick wenig Parallelen ausmachen.

Und doch hat sich über die Jahre eine tolle freundschaftliche Beziehung zwischen Volker und mir aufgebaut, welche ich nicht mehr missen möchte.

Toleranz und ganz viel Humor machen das möglich!

Vollständigkeitshalber erwähnt werden muss, es gibt noch eine Dritte im Bunde. Dani, Volkers Ehefrau, die Mutter ihrer gemeinsamen Tochter, mit resoluten ostwestfälischen Wurzeln mütterlicherseits.

Volker und Birgit: Idealerweise sind sich Dani und Birgit sympathisch, was sie auf diversen gemeinsamen Grill - und Gin Tonic Partys im Garten herausfanden. Besonders einig sind sie sich in der Auffassung, dass Volker eigentlich eine Rundumbetreuung, eher eine ununterbrochene Beaufsichtigung benötigt. Ebenfalls idealerweise ergibt die Situation es, dass sich nunmehr Dani wie gewohnt der Hege, Pflege und Erziehung von Volker zuhause widmen kann und Birgit Selbiges während der Arbeitszeit übernimmt. So sind also eine Rundumbetreuung, das Unterbinden und im Keim ersticken jeglicher Form von Aufmüpfigkeit und Widerstand möglich. Dies ist dem Wohle Beider, sowohl von Dani als auch von Birgit zuträglich, frei nach dem Motto: „Getrennt marschieren, vereint zuschlagen."

Dani hat sehr schnell erkannt, dass die ideale Vertraute, die sie mit der Beaufsichtigung ihres werten Ehegatten auf dessen Arbeitsstelle beauftragen kann, natürlich eine Kollegin ist, die im Idealfall eher gleichgeschlechtlich orientiert ist, also als Kollegin absolut vertrauenswürdig ist im Verhältnis zu ihrem Mann. Birgit wiederum erkannte blitzartig, dass die Zusammenarbeit mit Volker viel erträglicher wäre, wenn sie dessen Frau Dani als Unterstützerin und Drohkulisse im Hintergrund hätte.

Zwei gegen einen ist übrigens unfair, aber wenn es hilft trotzdem akzeptabel.

An der Stelle sei vermerkt, dass alle Beteiligten erwogen hatten einen Fonds für unterdrückte

Familienväter einzurichten, dessen Aufgabe die Finanzierung von Selbsthilfegruppen und Kuraufenthalten derselben gewesen wäre, natürlich nur um deren Arbeitsfähigkeit, vor allem im privaten Bereich, aufrecht zu erhalten. Dies scheiterte allerdings bisher daran, dass etwaige finanzielle Mittel lieber wieder in Gin Partys und Grillabende investiert wurden.

Davon hatten dann wenigstens auch alle gemeinsam etwas.

Inzwischen hat Birgit auch schon eine eigene kleine Gästekammer im Haus von Dani und Volker, damit sie nach gelegentlichen Gin Partys nicht mit dem Taxi oder der Bahn nachhause fahren muss.

Volker: So verschaffe ich mir für den Notfall die Möglichkeit irgendwann einmal, wenn es aus Notwehr nötig wird, die Beiden, Birgit und Dani, unauffällig im Kellerverlies unseres Wohnhauses unterzubringen. Natürlich nur zu ihrem Besten, Quatsch, natürlich einzig und alleine zu meinem Besten, falls nötig, also schön aufpassen, Mädels!

Wie alles begann

Volker: Alles hat einen Anfang, auch diese sonderbare, aber schöne kollegiale und wenig später auch freundschaftliche Beziehung.

Wir hatten es schon erwähnt, wir haben uns am Arbeitsplatz kennengelernt, das ist bei kollegialen Beziehungen wohl fast zwangsläufig so. Unser Betrieb hat über ganz Berlin, praktisch in jedem Bezirk, Betriebsstellen und einzelne Abteilungen und Organisationsstrukturen. Einige davon auch in Berlin-Kreuzberg.

Manche unserer Kollegen gehen da freiwillig hin aus den unterschiedlichsten Gründen, der Großteil wird da aber einfach hingeschickt, nicht immer ist dies wohl unbedingt als Belohnung gedacht gewesen, nehme ich zumindest an.

Da ich ohnehin in Berlin-Kreuzberg geboren und aufgewachsen bin, hat es mir nie etwas ausgemacht fast von Anfang an dort von meinem Arbeitgeber eingesetzt worden zu sein. Obwohl die Zuweisung zu einer der Kreuzberger Betriebsstätten in meinem Fall wohl eher nicht als Belohnung gedacht war. Aber das wäre dann eher Stoff für ein anderes Buch, mal sehen ob da mal was draus wird, hier soll es nicht weiter von Belang sein, denn einzig wichtig im Zusammenhang mit dem Thema für dieses Buch hier ist der Umstand, dass Birgit auch irgendwann in eine andere, nämlich „unsere" Kreuzberger Betriebsstätte versetzt wurde.

Ich vermute das war auch bei ihr nicht vorrangig als Belohnung gedacht.

Aber so trafen wir endlich aufeinander. Die Saat des „Bösen" war gelegt. Sie musste nur noch keimen.

Zunächst arbeiteten wir in derselben Gliederungseinheit, aber auf unterschiedlichen Posten ganz normal zusammen, so wie Kollegen eben miteinander arbeiten. Bei uns auf Arbeit herrscht ein entspanntes Verhältnis unter der Belegschaft, alle sind per Du, bis in die mittlere Führungsebene hinauf auf alle Fälle. Man unternimmt auch schon mal außerhalb der Arbeitszeit etwas zusammen und kennt sich halt irgendwann auch.

Dann aber kam es dazu, dass Birgit innerhalb unserer Gliederungseinheit unserem Herren Team zugeteilt wurde. Wir waren jetzt also ein Team und arbeiteten noch viel enger zusammen. Natürlich ändert sich etwas im Team, wenn in ein vormals fast reines Männerteam plötzlich eine Frau dazukommt. Vor allem ändert sich etwas an den äußeren Umständen. Plötzlich wurde um die Kaffeemaschine herum auch mal der gröbste Dreck beseitigt. Überhaupt war morgens auch schon mal der Kaffee fertig, was übrigens mit der Grund dafür war, dass wir Birgit ungebremst ihrem Putztrieb nachkommen ließen.

(Wurde schon erwähnt, dass in diesem Buch kein Wert auf übertriebene gesellschaftliche Korrektheit gelegt wird?)

Auch wenn sie oft anfing aufzuräumen, wenn wir noch gar nicht fertig waren damit kreative Unordnung zu hinterlassen. Aber egal, wenn dafür immer Kaffee da war morgens nahmen wir das gerne hin. Wenn nur nicht dieses eigenartig an Zuhause erinnernde ständige weibliche

Rumgesabbel wegen Unordnung, Kaffeeflecken und dergleichen gewesen wäre.

Hin und wieder entwickelte Birgit sogar einen gewissen Brutpflegeinstinkt und machte uns mal Eierkuchen zum Mittag, zwang uns danach allerdings auf bestialische und völlig artfremde Weise auch dazu den Abwasch zu machen.
Es wurde ja wirklich langsam wie zu Hause.

Wenn man Gewerkschaften oder einen Personalrat mal braucht, sind die nie da oder haben genau wie wir Angst vor Birgit.

Ich wartete eigentlich nur noch darauf, dass Birgit irgendwann die Innendekoration an sich reißen würde. Hat sie dann auch, plötzlich hatten wir Kissen auf unseren Sofas, Sofadecken waren auch irgendwann da, oh weh, es war wirklich wie zuhause, wir hatten nichts mehr zu melden, aber sie erklärte uns, das wäre nur zu unserem Besten, sagte ich es schon, genau wie zuhause.

Da gerade ich selbst sehr viel mit ihr zusammenarbeitete und wir dadurch ein festes Team wurden, lernten wir uns auch schnell besser kennen. Der Spruch: „Du wirst mich noch kennenlernen, Freundchen," hätte es nicht treffender beschreiben können. Aber dazu später mehr.

Da wir uns sehr gut kennen und schätzen gelernt hatten war uns beiden klar, dass wir zwar völlig verschiedene Lebensmodelle lebten, aber von Anfang an sahen wir auch viel eher die vielen Gemeinsamkeiten bei uns.

Beide waren wir mit einem Posten in Kreuzberg „belohnt" worden, bei Beiden hatte das wohl auch etwas mit einer gewissen eigenständigen Art des Denkens zu tun oder sollte das Zufall gewesen sein? Vielleicht war es ja sogar Karma, wie es ein Mensch aus dem asiatischen Kulturraum vielleicht nennen würde.

Beiden war dieser Umstand völlig egal, der persönliche Ehrenkodex war uns Beiden gleichfalls immer viel wichtiger, wenn auch sicher veraltet und aus der Mode kommend, als darüber zu sinnieren weshalb wir nun in Kreuzberg gelandet sein könnten.

Beide hatten und haben wir auch jeweils eine Tochter. (Genervte Eltern von Töchtern, die irgendwann einmal auch Teenager geworden sind wissen wovon die Rede ist).

Beide sind wir im ehemaligen Westteil unserer Stadt geboren und sozialisiert worden, was uns schon zu einer Minderheit im beruflichen Umfeld machte, auch wenn das inzwischen glücklicher Weise nach 30 Jahren deutscher Wiedervereinigung keine große Rolle mehr spielt.

Wir hatten sogar, allerdings getrennt voneinander, dieselben Abteilungen und Gliederungseinheiten unseres Betriebes durchlaufen und wir hatten vorher auch beide schon einen ganz anderen bürgerlichen Beruf erlernt und ausgeübt.
Kurz, da kam zusammen was zusammengehörte.

Ich ahnte ja noch gar nicht welche Folgen das für mich haben würde, vor allem für meine persönliche Freiheit als uneingeschränkter, natürlicher, unanfechtbarer Patriarch meiner kleinen Familie oder wie man so die Typen nennt, die fälschlicher Weise denken, dass sie noch irgendwas zu entscheiden hätten, was die liebe Ehefrau nicht schon längst unanfechtbar ohne ihn entschieden hat. Bei einer Kreuzberger UCPA-Jugendreise nach Frankreich, zusammen mit einer Gruppe junger Franzosen, nannte eine französische Teilnehmerin diesbezüglicher Allmachtsfantasien meinerseits damals an mich gewandt grinsend einmal den Begriff: „Héros de Pantolette". (1)

Das Leben ist kein Ponyhof, leider. Nicht mal in Frankreich, wie ich schon damals als Teenager schnell lernen musste.

Egal, ich möchte nicht abschweifen, so jedenfalls erinnere ich mich an unser Kennenlernen zwischen mir und Birgit, alles andere ist vorweggenommen natürlich lediglich ein Ausfluss des regen weiblichen Gehirns von Birgit und auch wohl dem Umstand eines langsam einsetzenden Altersstarsinns bei ihr zuzuschreiben. Aber natürlich zwingt sie mich dies hier nun folgende unzensiert stehen zu lassen. Unzensiert, aber nicht unkommentiert.

(1) „Pantoffelheld", ich liebe die blumige französische Sprache

Birgit: „Kommst du mal bitte in mein Büro?" So ungefähr äußerte sich mein damaliger Vorgesetzter einen Tag vor meinem Urlaub kurz vor Feierabend. Mein Bauchgefühl signalisierte nichts Gutes. Und so wurde mir anschließend kurz und knapp erklärt, dass ich nach dem verdienten Erholungsurlaub nicht nach Rudow zurückkommen werde, sondern für acht Monate in der Kreuzberger Betriebsstätte aushelfen darf. Mein Frust war unbeschreiblich. Erhalte ich mildernde Umstände vor Gericht, wenn ich mein Gegenüber spontan im Büro einsperre und den Schlüssel in den Kanal werfe? Und das war noch die harmloseste Wunschvorstellung! Kurz gesagt: In der Kreuzberger Filiale wollte ich nicht mal leblos über dem Zaun hängen.

Es braucht nicht viel Fantasie zu erahnen, mit welcher blumigen Laune ich Wochen später dort eintraf. Ich ergab mich meinem Schicksal und machte das Beste aus der Situation. Es sollte ja nur für acht Monate sein. In dieser Zeit bemerkte ich schnell, wie angenehm mir die meisten Kollegen waren. Ich ging gerne arbeiten, trotz des anstrengenden

Aufgabengebietes. Ich regelte mit meinen neuen Vorgesetzten mein Bleiben in Kreuzberg und gab der Rudower Betriebsstätte telefonisch Kenntnis, dass sie auf meine Arbeitskraft auch künftig verzichten werden müssen.

Volker hatte ich in den besagten acht Monaten natürlich bereits kennengelernt. Aber durch die unterschiedlichen Aufgaben war ein näheres Beschnuppern noch nicht möglich. Es dauerte noch ein paar Jahre bis ich in seinen Bereich wechselte und dadurch in das Büro kam, welches ausschließlich von Männern, älteren Männern, besetzt war. Plötzlich war ich wieder die Jüngste! Ich blickte nochmal auf das Büroschild am Eingang, ob vielleicht ein Irrtum vorliegt. Aber da saß er, der Volker! Ich war also vollkommen richtig. Sehr schnell integrierte ich mich in die Silberrückengemeinde. Jedes einzelne Exemplar hat so seine Attitüde, welche mich im Allgemeinen sehr entertaint. Die von Volker erwähnten Kaffeeflecken quer über den Tisch faszinieren mich fast täglich, aber wahrscheinlich erfassen ihre alten Augen das nicht mehr. Es trifft zu, dass ich mit ein paar

Kleinigkeiten die Gemütlichkeit und das Wohlbefinden im Büro steigern wollte. Und es gibt auch mal Eierkuchen. Aber versteht es sich nicht von selbst, dass dann nicht ich für den Abwasch zuständig bin?

Volker fragte mich irgendwann, ob ich nicht der kleinen Laufgruppe beitreten mag. Da man gemeinsam besser den fiesen inneren Schweinehund überwindet, sagte ich zu. Schnell war klar, dass wir beide das Joggen gerne entspannt angehen, so dass lustige und interessante Gespräche währenddessen möglich sind. Ich weiß gar nicht, ob ich es hier erwähnen sollte, dass joggen uns im Sommerhalbjahr mehr erfreut als in den kalten Monaten. Flora, Fauna, Sonnenschein... und andere Läuferinnen steigern unsere Motivation enorm. Und da dem kleinen (1) Volker fast immer die Blase platzt unterwegs, ist so ein bisschen mehr Gebüsch ganz praktisch. Das nur am Rande.

Eines sonnigen Tages besuchte ich Volker zu Hause. Er lud mich zum Grillen ein und so lernte ich seine Familie kennen.

(1) 10 cm größer als Birgit, mindestens!

Es ist wirklich großes Pech für den „Héros de Pantolette", dass ich mich mit seiner Angetrauten von Anfang an sehr gut verstanden habe.

Wir haben ein paar allgemeine ähnliche Ansichten und eine gemeinsame Vorstellung, wie Volker betreut werden muss damit er nicht übermütig wird ohne seine Arbeitskraft zu gefährden.

Ich denke niemand mag mit ihm tauschen, oder?

Aber es ist nur zu seinem Besten!

Und zu Danis!

Und zu meinem! (1)

(1) Ja genau, und wer verdammt nochmal denkt dabei an mich? Einschub vom elendig jammernden Volker.

Ein erster Fehler oder doch nicht?

Volker: Es wurde zuvor schon kurz angesprochen. Nachdem ich bemerkt hatte, dass Birgit neben ihrem Putzkomplex auch durchaus nützliche Seiten hatte, wozu ein bisschen Putzen auch durchaus gehören kann, wenn es nicht gerade um uns herum und dabei laut schimpfend ist, dachte ich es wäre an der Zeit uns auch mal gemütlich zum Familiengrillen zu treffen.

Das war schon alleine daher fast zwingend erforderlich, um sie auch weiterhin auf Arbeit dazu bewegen zu können, hin und wieder, für uns Herren mittleren Alters mal Eierkuchen zu machen, was sie wirklich hervorragend beherrscht.

Ach so, dem gegenseitigen Kennenlernen diente das natürlich auch.

Also trafen sich ein paar Kollegen in unserem Garten, ich durfte mal wieder ein ordentliches Feuer entfachen unter den strengen Blicken meiner ansonsten sehr friedlichen Ehefrau. Die seit einem kleinen Feuerunfall in unserem Wohnzimmer, deren Bestandteile ich selbst, ein Kaminofen, nicht ganz trockenes Holz, Spiritus als Brandbeschleuniger, eine aufschwingende Ofentür, eine leicht brennende Couch auf der mein liebes Eheweib gerade eingeschlafen war, mein brennendes Hosenbein und ein in die Flamme desselben beißender Hund, sowie nochmals die durch das Gebelle aufwachende und in die Flamme an ihrer Couch blickende und seit dem sehr streng alle Kokeleien von mir überwachende Ehefrau waren, den Spiritus unter Verschluss hält.

Und das obwohl niemand verletzt wurde, der brennende Spiritus ziemlich schnell gelöscht war und außer dem Schreck und ein leicht abgeschmolzener Couchbereich nichts weiter passiert war. Außer dass ich zur Strafe eine neue Couch kaufen musste, obwohl die alte (hier ist ausdrücklich die Couch gemeint) durchaus weiter benutzbar gewesen wäre.

Egal, ich durfte grillen, habe aber bei allem Eifer vergessen darauf zu achten, dass sich meine Frau und Birgit nicht allzu nahekommen sollten.

Denn es war klar, dass zwei sehr selbstbewusste, starke Frauen in meiner unmittelbaren Umgebung für mein Wohlbefinden durchaus anstrengend werden könnten, wenn die sich untereinander absprechen würden.

Wie es immer so ist, ich habe kurz nicht aufgepasst. Dem Gin und anderem Alkohol beim Feiern nicht abgeneigt, beschlossen Birgit und meine liebe Frau sich zu mögen und um dies rituell zu feiern und festzulegen, gemeinsam meine Unterdrückung, von ihnen verharmlosend Betreuung genannt, zu planen.

Ich bitte folgenden umgangssprachlichen Satz zu entschuldigen, aber er beschreibt am besten die Situation. Ich war am Arsch.

In der Folge besprach nämlich meine liebe Frau meine Arbeitsvorausplanungen und die daraus resultierenden freien Tage und Arbeitstage nicht mehr mit mir, der ich ohnehin schnell alles vergesse oder Notizzettel unbeachtet in meiner Arbeitstasche liegen ließ, sondern mit Birgit.

Birgit wiederum machte dann gelegentlich mal meine Arbeitsvorausplanung auch im Zimmer

27

unseres Chefs, der Birgit ganz verwundert fragte ob ich eigentlich wüsste, dass sie gerade meine Arbeitspläne änderte.

Natürlich hat Birgit ihm sofort folgendes geantwortet: „Nee, is aba in Ordnung, hab ick allet mit seiner Frau abjesprochen, die weeß Bescheid". [1]

Unser Chef sagte dann sowas wie: „Ach so, alles klar!"

Und ich möchte nicht wissen was er dabei fast zwangsläufig, ungewollt so alles gedacht hat, oder die anderen Kollegen, die gerade in seinem Zimmer anwesend waren.

So kann es kommen, dass die moralisch denkbar anständigste kollegiale Beziehung, denn was sollte zwischen einem Hetero Daddy und einer Gay Mom auch Unmoralisches laufen, zu den schönsten Gerüchten führen kann. Befeuert natürlich noch durch Ereignisse wie unserer jährlichen Arbeitsskifahrt, bei der wir beide immer ein gemeinsames Doppelzimmer haben,

[1] „Nein, ist aber in Ordnung, habe ich alles mit seiner Frau abgesprochen, die weiß Bescheid."

was übrigens auf eine Idee meiner Frau zurückgeht, weil es preiswerter ist, aber erst recht zu den lustigsten Gesichtsausdrücken bei einer dazu nachfragenden Kollegin führte, als diese anfragte ob das eigentlich meine Frau wüsste und Birgit verschmitzt grinsend antwortete: „Natürlich, die weiß Bescheid, war sogar ihre Idee."

Viele wussten ja gar nicht über unsere jeweiligen Lebenseinstellungen Bescheid. Wir hatten wirklich eine Menge Spaß damit.

Allerdings war ich somit nun also ständig unter Betreuung, zuhause und auf der Arbeit. Die Beiden telefonierten sogar gelegentlich miteinander, wenn ich drohte aufmüpfig zu werden.

Ich glaube ich hatte einen taktischen Fehler gemacht die beiden miteinander bekannt zu machen, allerdings einen lustigen Fehler, aber wer konnte denn schon ahnen, dass die sich so gut verstehen?

Zu gut eindeutig!

Birgit: Ich habe keine Ahnung, weshalb Volker ständig meinen angeblichen Putzkomplex thematisiert.

Meine Wohnung würde es sehr begrüßen, wenn es den gäbe... Mit an Sicherheit grenzender Wahrscheinlichkeit kann er altersbedingt inzwischen seine Regierung zu Hause nicht mehr von seiner Tagesbetreuung auf Arbeit unterscheiden.
Das wird es wohl sein!

Nein Volker, jetzt unterlässt du bitte deine nachträglich setzenden Fußnoten! Der Leser wird ganz konfus von den überflüssigen Kommentaren.

Den Burschen im Zaum zu halten ist wahrlich nicht einfach.
Im Nachhinein stellt sich die Frage, wie seine Gattin das vorher ohne mich geschafft hat.

Ein Beispiel:

Es war Wochenende und selbstverständlich erhielt Volker von seiner Angetrauten Arbeitsaufträge im Garten, denn körperliche

Arbeit stärkt seine persönliche Entfaltung. Klar!
Habe ich schon erwähnt, dass Dani einen
gerechten Erziehungsstil pflegt?
Denn auch sie betätigte sich im Garten. Es ist
mir entfallen, ob diese Betätigung durch Rasen
mähen oder vernichten von Schnäppchensekt
geprägt war, oder Beidem.

Aber das steht hier nicht im Fokus.
Erwähnen möchte ich hier vielmehr, dass sich
Volker seiner offensichtlich unbeaufsichtigten
Arbeit entzog, sich im Haus auf die Couch
schmiss, um mir anschließend mit diebischer
Freude eine WhatsApp mit Berichterstattung
seiner schändlichen Tat zu senden.

So ein Lümmel, dachte ich.

Fern jedem schlechten Gewissen erhielt Dani
nun eine Nachricht von mir, mit dem dezenten
Hinweis, dass ihr gerade die Kontrolle entgleitet
bezüglich ihres unbeobachteten Gatten.

Die Ärmste musste nun alles unterbrechen, was
auch immer, um den Frechling aufzuspüren und
an den Ohren wieder seiner Arbeit zuzuführen.

An dem Tag hörte ich nichts mehr von Volker.
Aber von Dani: „Wir schaffen das!"

Wie sehr er mich schätzt bekam ich beim
nächsten Sehen auf Arbeit zu spüren.

Volker zweckentfremdete die Eierkuchenpfanne,
welche er mir kommentarlos auf den Hintern
knallte.
Die Blicke der anwesenden Kollegen spiegelten
Irritation, Entsetzen aber auch ein bisschen
Sensationslust wieder.

Ich habe das genau gesehen!

Inzwischen, nach Jahren der innigsten Harmonie
im Büro, schaut keiner mehr von seiner Arbeit
hoch, wenn ich Volker mit dem Lineal in der
erhobenen Hand durch die Flure jage.
Die denken bestimmt das gehört irgendwie zum
Vorspiel, von was auch immer.

Volker: Ja, ja, Pfanne auf den Hintern geknallt, es war natürlich eher ein verdienter, fast zärtlicher und lediglich angedeuteter Klaps mit der Pfanne, da ich erstens natürlich nicht mit der flachen Hand einer Kollegin auf den Hintern klapsen würde, wie hätte das denn wohl ausgesehen? Gehört sich auch nicht.

Und zweitens schlägt man keine Frauen, auch keine Kolleginnen, selbst wenn diese es mehr als verdient hätten, nicht mal Birgit, die es ständig verdienen würde, die freche kleine Petze. Die allerdings tatsächlich ein Lineal zu einem gelegentlichen Bestrafungsgerät umfunktioniert hatte um die Kontrolle auf Arbeit zu übernehmen, selbst wenn sie natürlich meistens nur mit dem Teil drohte.

Da Birgit aber manchmal auch lieb sein kann, wenn auch selten, gab es auch schon mal nach der Arbeit, aus erzieherischen Gründen zur Belohnung, einen Piccolo Sekt für uns.

Daraus ergab sich dann für Birgit der seitdem urheberrechtlich geschützte Lehrsatz:

„Böse Birgit Pfanne Po - liebe Birgit Piccolo!"

33

Es ist alles nur zu deinem Besten

Volker: Oh, wie ich diesen Satz hasse. Ich kenne den, ich höre ihn ständig seit meiner Kindheit. Als ich mir mit jugendlichen 18 Jahren, von meinem Lehrlingsgehalt, meine erste eigene kleine Wohnung in einem Altbau mit Ofenheizung in Berlin-Neukölln leisten konnte, glaubte ich diesem, stets als Begründung für irgendetwas zu ertragendem Unangenehmen gebrauchten Satz, entkommen zu sein.

War ich auch, erst mal, bis ich viel später mein liebes stets um mein Wohl bemühtes, überaus fürsorgliches, natürlich auch außergewöhnlich attraktives und sehr selbstbewusstes, also mitunter auch mal sehr anstrengendes Eheweib Daniela, kurz Dani, kennen gelernt habe.

Dani beschloss ziemlich schnell in meine damals neue, zweite Wohnung in Berlin-Spandau einzuziehen, denn das wäre natürlich auch für mich alles nur zu meinem Besten. Da war es also wieder, unvermeidlich und gemäß unserer gemeinsamen Lebensplanung, nun also zumindest zuhause, für den Rest meiner

Existenz und vermutlich für immer, ein Bestandteil meines Lebens.

Na gut, ich hatte ja auch noch meinen Beruf, genaugenommen meinen bereits zweiten erlernten Beruf, der viel Zeit in Anspruch nimmt und bei dessen Ausübung ich dies nicht hören würde. Das dachte ich jedenfalls erstmal. Falsch gedacht, es kam eine unvorhersehbare Heimsuchung, es kam Birgit!

Nachdem Birgit also Freundschaft mit Dani geschlossen hatte und einen Erziehungsauftrag von dieser erhalten hatte, hörte ich diesen Satz ständig, gerne verbunden mit dem Zusatz: „Muss ich erst Dani anrufen, oder klappt das jetzt auch ohne Murren?"

Angefangen bei der Arbeitszeitplanung, über Vermeidung ungesunden Essens und natürlich der Überwachung meiner Kontakte zu einzelnen Kollegen und Kolleginnen, denn nicht alle diese Kontakte wirkten sich nach Meinung der Beiden förderlich auf meine Sozialisation aus.

Das Schlimmste aber ist, Birgit ist unbestechlich und gewissenhaft bei der Erfüllung ihres erzieherischen Betreuungsauftrages. Ja, diese Machtposition scheint sie gar auf sonderbare Art und Weise zu genießen. Allerdings zugegeben, das ständige gegenseitige Rumgepfrötzel und spaßige Necken untereinander bereitet uns auch eine gewisse Freude.

Wir lachen viel auf Arbeit.

Wahrscheinlich lachen auch viele Kollegen über uns, ganz sicher sogar.

Wir lachen auch viel, wenn wir drei uns, manchmal mit Freunden und Familie alle zusammen, privat treffen.

Ich merke allerdings auch, dass mein Widerstand schwindet, vermutlich werde ich in ein paar Jahren ein völlig domestiziertes Exemplar sein, dass widerstandslos alle Wünsche der Gattin und ihrer Erfüllungsgehilfin beflissentlich erfüllt, vor allem Arbeitsaufträge jeglicher Art.

Es ist ja nur zu meinem Besten.

Birgit: Volker hat ganz offensichtlich seine Tabletteneinnahme vernachlässigt.
Die erwähnte Flasche Sekt war kein Piccolo, sondern eine 0,75 Liter Flasche.

Auf meinen fragenden Blick, denn Worte sind inzwischen oft überflüssig geworden, meinte der Gutgelaunte, dass das Preis-Leistungsverhältnis es geradezu erfordert eine große Flasche zu erwerben.
Ich bin davon überzeugt, dass er sich das von seinem Eheweib abgeschaut hat.
Dani würde nie einen Piccolo kaufen. Das lohnt sich ja nicht!

An Volkers Verhalten ist also klar erkennbar, das Setzen von Prioritäten und ständiges Wiederholen trägt ganz automatisch irgendwann Früchte.
Unser Exemplar braucht zwar etwas länger, aber ich bin da ganz zuversichtlich.

Denn:
Es ist schließlich nur zu seinem Besten!

Tages und Arbeitszeitplanung

Volker: Einige Themen überschneiden sich etwas, ich werde versuchen die Überschneidungen zu begrenzen auf das fürs jeweilige Thema unbedingt zum Verständnis erforderliche. Für Kritik daran ist natürlich Birgit als Kontaktperson zuständig genauso wie sie selbstverständlich für alle eventuellen Fehler hier die vorab übertragene Alleinschuld trägt.

Ansonsten ist Birgit aber auch durchaus nützlich, nicht nur als „Sündenbock". (Und ja, ich weiß, dass das nicht gendergerecht geschrieben ist, ist mir nur völlig schnuppe).

Birgit erinnert mich nicht nur an Danis Geburtstage oder unseren Hochzeitstag, sondern auch daran, wenn ich mal meine Arbeitszeitplanungen vergesse, oder wenn ich diese schlusig gestaltet habe und vielleicht mal private Termine die Dani wichtig sind vergessen habe frei zu planen.

Ich erwähnte ja bereits, dass die beiden über WhatsApp in Kontakt stehen.

Allerdings ist es auch immer wieder ein Bild für Götter, wenn Birgit mir quer über den Gang auf unserer Arbeitsstelle die neuesten Anweisungen im Auftrag von Dani zuruft, möglichst noch mit dem iPhone am Ohr.

Das kann sich dann wie folgt anhören: „Volker, hast du schon das Grillen am Freitag geplant, Mittwoch kommt übrigens dein Onkel zu Besuch, du wolltest noch die Zutaten für den Kuchen besorgen, trag dir für Donnerstag ein Frei als Wunsch ein, da ist Sitzung vom Hundeverein und vergiss bitte nicht fürs Wochenende Gin zu besorgen."

Was unsere Kollegen da wohl denken? Zumindest diejenigen, die uns und unsere Lebensumstände vielleicht nicht so ganz genau kennen machen sich bestimmt so Gedanken in Richtung der armen Ehefrau, wenn die wüsste was zwischen denen so los ist.

Und das ausgerechnet bei mir und Birgit, die wir in solchen Beziehungsdingen beide stockkonservativ sind und außerhalb der jeweiligen Partnerschaft aus Prinzip keine weiteren Beziehungen eingehen.

Darüber hinaus gibt es natürlich noch die private Freizeitgestaltung zu planen. Ich bin in einer Laufgruppe des Eldaring e.V. und konnte Birgit davon überzeugen auch unbedingt für diese Laufgruppe des Vereins bei Wettkämpfen zu starten, ja eigentlich will sie jetzt gar nichts anderes mehr machen als für diese Laufgruppe zu starten. Und natürlich danach unsere Wettkämpfe mit der Gruppe im Garten bei Verpflegung und Gin oder Sekt oder was auch immer zu feiern. Man muss eben nur wissen wie man Birgit anlocken und ködern kann. Alkohol und Party gehen immer. Außerdem kann sie dabei dann auch gleich immer wieder irgendwas mit Dani aushecken. Manchmal kriege ich Gänsehaut, wenn ich die Beiden konspirativ tuscheln und dabei lachen höre.

Jedenfalls gibt es wenigstens etwas, dass ich auch mal für Birgit planen darf.

Natürlich weist mich meine Frau bei ihren Planungen für mich auch darauf hin an Birgit zu denken, etwa darauf was diese bevorzugt trinkt oder als Grillgut haben wollen könnte und dergleichen.

Manchmal planen wir wirklich zu dritt, aber nur manchmal, wir haben ja jeweils auch noch ein eigenes Privatleben und eine eigene Familie.

Ach was, wer soll mir denn das so glauben, richtig müsste es oft eigentlich heißen:

Manchmal planen Birgit und Dani für uns drei, aber nur manchmal, wir haben ja jeweils auch noch ein eigenes Privatleben und eine eigene Familie.

Birgit: Dass ich hier mal wieder an allem schuld war, bin und sein werde verwundert mich nicht im Geringsten.
Was Volker nicht weiß, es ist alles mit Dani abgesprochen um dieses Sensibelchen nicht bei der geplanten Entwicklung zu blockieren. Dani und ich wollen ja auch mal fertig werden, und dann muss alles Geübte sitzen. Das klappt bei den Hunden, den Schnauzern, ja auch.

Die Arbeitszeitplanung habe ich in der Tat übernommen. Das war nicht ganz uneigennützig von mir.

Abgesehen von den privaten Terminen der Familie Meyer und auch meinen, bin ich einfach lieber auf Arbeit, wenn Volker ebenfalls anwesend ist. Mit viel Humor meistern wir den oft anstrengenden Arbeitsalltag einfach entspannter.

Kaum etwas ist motivierender für den Job, den wir nun beide schon so lange machen.

Eine willkommene Abwechslung zur Arbeit ist die Laufgruppe des Eldaring e.V.!

Volker ist stolzer Besitzer eines Laufshirts mit der Aufschrift des Vereins.

Als ich das Leibchen das erste Mal an ihm sah, las ich „eDarling".

Ok, ich weiß, wer lesen kann ist klar im Vorteil!

Der Schriftzug ist aber inzwischen auch schon von anderen interessierten Damen beim Joggen entsprechend gelesen worden. Das ist kein Grund zur Sorge, denn ich bin ja immer dabei.

Volker wird nicht weggefangen. Und außerdem sind wir moralisch gefestigt.

Nach den Wettkämpfen finden dann oft die erwähnten Grill- und Ginabende im Garten der Familie von Volker statt. Die sind immer sehr gemütlich und lustig, jedenfalls für Dani und mich.

Volker darf dann Feuer machen, also grillen und ist somit ebenfalls glücklich. Selbstverständlich besprechen wir Mädels dabei Volkers Fortschritte und das weitere Vorgehen.

Darauf wird dann mehrmals die Stunde angestoßen und wenn wir ihm genug Bier zum Genießen geben, erträgt er die Gesamtsituation ganz gut.

Abgesehen von der Kammer bei Volkers Familie, in der ich nach den erwähnten Abenden ausnüchtere, verfüge ich selbstverständlich über ein eigenes Domizil und Privatleben.

Die Mischung macht's!
Volker: Na dann Prost!

Verwirrte Kollegen und Gerüchte

Volker: Um den begreiflichen und menschlich nachvollziehbaren Grad der Verwirrung einiger unserer Kollegen nachvollziehen zu können möchte ich einfach mal nachfolgend einen möglichen, relativ wirklichkeitsnahen Gesprächsverlauf zwischen mir und Birgit aufzeigen, wenn ich zum Beispiel irgendwas erledigen sollte und Dani ihre Erfüllungsgehilfen um Erinnerung und Durchsetzung dazu gebeten hat.

Der in Kürze sicherlich verschreckte Leser stelle sich dazu bitte einen Mann und eine Frau, beide schon deutlich Ü 40 vor. Beide aber ebenso deutlich wenigstens UHu´s (1) und vom Leben gezeichnet, die folgende Konversation führen. Das Ganze ohne die eigentliche Ursache zu kennen.
Und das dann auch noch im schönsten aller deutschen Dialekte, dem Berlin-Brandenburgischem, der einzig wahren deutschen Sprachkultur.

(1) UHu: unter Hundert

B: „Hast du schon gemacht worum du heute Morgen gebeten wurdest?"

V: (genervt) „Jaja!"

B: „Hast du gar nicht!"

V: „Doch."

B: „Nein, hast du nicht!"

V: „Doch, ehrlich."

B: „Ich weiß doch ganz genau, dass du es nicht gemacht hast."

V: „Lass mich mit dem Quatsch jetzt in Ruhe."

B: „Mach es doch einfach, dann lass ich dich in Ruhe."

V: „Schnauze, hast du nichts zu tun, kriegst gleich Arbeit von mir."

B: „Selber Schnauze, kannst du vergessen, mach jetzt endlich."

V: „Hör auf zu nerven."

B: „Hör auf dich ständig zu sträuben."

V: „Das geht dich gar nichts an."

B: „Wetten doch?" (Dabei schon das iPhone zum Petzen in der Hand haltend).

V: „Das gibt's doch jetzt nicht."

B: „Wirst du gleich sehen wie es das gibt."

V: „Das wagst du dich nicht."

B: „Ich wage mich gleich noch was ganz Anderes."

V: „Was denn du Kampfdackel?"

B: „Du kriegst gleich wieder mit dem Lineal du Klops."

V: „Das darfst du gar nicht."

B: „Dani hat gesagt ich darf alles mit dir machen was deine Arbeitsfähigkeit zuhause nicht gefährdet."

V: „Um Himmels Willen, hör auf zu nerven, ich mache ja schon."

B: „Wird auch Zeit, hättest du auch gleich machen können, immer so ein Theater."

V: (schweigt und rollt nur noch genervt mit den Augen)

B: (Jetzt mit dem iPhone am Ohr mit Dani laut telefonierend). „Alles klar, ist erledigt, hattest Recht, der wollte sich wieder drücken, aber nicht mit mir, sag Bescheid falls noch was ansteht."

Sowas hört sich sicher wie ein Gespräch zwischen einem seit langer Zeit verheiratetem, alten Paar an.

Ich gebe zu, das könnte bei Nichteingeweihten zu sonderbaren Rückschlüssen und in der Folge zu Gerüchten führen.

Allerdings führt es auch zu unverhohlener Schadenfreude bei so manchem, vor allem bei denen, die sonst so meine große Klappe kennen und ertragen.

Na wenn wir mit derartigen Einlagen zu einem kleinen, lustigen Unterhaltungsbeitrag gesorgt haben, ist ja neben der Erfüllung eines Arbeitsauftrags meines lieben Eheweibes auch noch für alle anderen Anwesenden etwas dabei herausgekommen.

Manchmal macht uns das sogar Spaß.

Meistens unterhalten wir uns aber auch durchaus zivilisierter. Am zivilisiertesten übrigens, wenn Birgit nicht im Raum ist, was sich zuweilen auf das Niveau förderlich auswirkt.

Es soll allerdings vereinzelt eine andere, natürlich falsche, Meinung dazu geben.

Birgit: Mensch Volker, wenn das einer aus Versehen liest, der gewinnt ja den Eindruck, dass wir dich ununterbrochen gängeln.
Dem ist übrigens nicht so!
Was Volker hier unerwähnt lässt, ist sein Talent ohne jeden Anlass zu stänkern.
Mit Hingabe gibt er das Unschuldslamm oder suhlt sich in der Opferrolle.

Zur Verdeutlichung zeige ich hier mal eine anders gelagerte Konversation auf.

Das Bühnenbild zeigt unser Büro, Volker am Computer, ich erscheine nach kurzfristiger Abwesenheit wieder auf der Bildfläche.

B: „So, ich war eben beim Chef unsere Freiwünsche abklären. Die Grillparty geht klar sowie dein komisches HEIDEN-TANZEN-NACKT-IM-WALD-TREFFEN."

V: „Hmmm."

B: „Hörst du mir überhaupt zu? Deinem abartigen Waldtreffen steht nichts mehr im Wege. Ein kleines Danke wäre zauberhaft."

V: „Jaha!" (Das ist übrigens die Steigerung von „jaja"!)

B: „Sag mal, warum grinst du eigentlich so diabolisch?"

V: „Ich habe nichts gemacht. Ehrlich!"

B: „Wenn ich den Gesichtsausdruck sehe, hast du immer etwas angestellt."

V: „Neihein" (Hier trifft der Leser auf die Steigerungsform von „nee,nee"!)

B: „Hatte ich nicht bis eben an diesem PC gesessen? Hatte ich mein Profil gesperrt?"

V: „Nein, alles gut!"

B: „Volkerrrrr, du hast doch nichts unter meiner Mail-Adresse versendet?"

V: „So etwas würde ich nie tun! Kennst mich doch."

B: „Ja, eben!"

Volkers Gesichtsausdruck ist inzwischen mit dem
grinsenden Clown vom Film „Es" vergleichbar.
Ich empfinde es jedenfalls so, denn mir wird
klar, ich komme zu spät um noch irgendwas zur
Erhaltung meiner Ehre zu retten. Und da er
immer dann dazu lernt, wenn es nicht
erforderlich ist, hat er garantiert die gesendete
Mail gelöscht. Also komplett!

B: „Ich plane unsere Freizeit und duhuu
(Erklärung überflüssig!) …. Mir fehlen die
Worte."

V: (grinst frech)

B: „Na warte Freundchen! Das hat ein
Nachspiel!"

Ich schließe die Bürotür, nicht ohne vorher noch
schnell den Flur zu checken, ob Publikum in der
Nähe ist. Unsere anderen Kollegen im Raum
interessieren mich nicht.
Einer schläft, zwei hören mit Kopfhörern Musik
und der Vierte ist mit Schaufel und Feger unter

einem Schreibtisch, da er diese Woche Reinigungsdienst hat.

Alle habe ich im Griff, nur dieses eine Exemplar nicht. Bei diesem wechselt allerdings schlagartig beim Schließen der Tür der Gesichtsausdruck in Furcht.

V: „Ich habe gar nichts gemacht, na gut, ein bisschen, vielleicht, aber ich tue es nie, nie, nie wieder!"

Ich trete zur Bestrafung gerade auf den Schlingel zu, als die Bürotür auffliegt und der Chef im Türrahmen steht, kurz stutzend über den allgemeinen Anblick im Zimmer.

Chef: „Soll ich deinen Seminarwunsch weiterleiten oder war Volker wieder in deinem Profil?"

B: „Welches Seminar?"

Chef: „Rollenverteilung im Büro - Macher, Wegbegleiter, Spezialist oder Kaffeekocher?"

V: (grinst jetzt erst recht frech)

Chef: „Alles klar, ich lasse euch mal zur Klärung jetzt alleine, Birgit denk dran, dass der morgen noch halbwegs gesund und arbeitsfähig einen Frühdienst übernehmen muss!"

Chef:(jetzt wissend grinsend)

V: (auf einmal nicht mehr grinsend)

B: (auf einmal diabolisch grinsend)

Volker: Ich glaube der weitere Verlauf dieser Geschichte dürfte jedem so in etwa klar sein. Birgit war so kollegial dafür zu sorgen, dass ich tatsächlich den nächsten Frühdienst halbwegs gesund, aber mit einem deutlichen roten Abdruck auf dem linken Oberarm, den nimmt sie immer, antreten konnte.
Der Abdruck erinnerte einige Kollegen auf merkwürdige, unerklärliche Art an Birgits 50 cm Holzlineal, Zufälle gibt es.
Ich allerdings war schon zufrieden darüber, dass wir nicht mit alten, verzinkten Wasserrohren arbeiten.
Unsere armen Kollegen! Was müssen die alles ertragen, ob die schon ein Sammelticket für die Gruppensitzung eines Psychologen haben, zur Bewältigung unserer Auswüchse und entstehender Gerüchte?

Wunder Punkt Taschengeld

Volker: Dieses Thema hat natürlich Birgit vorgeschlagen, nicht ohne einen, ein ganz klein wenig, bösen Hintergedanken. Denn natürlich ist das eher mein wunder Punkt, weniger ihrer. Eigentlich ist es eher so, dass ihr dieses Thema ständig eine gewisse Schadenfreude bereitet.

Sowohl Birgit als auch ich verdienen ganz gut. Natürlich gemessen an unserer Arbeitsleistung viel zu wenig, zumal sich unser Arbeitgeber hartnäckig weigert das tägliche Unterhaltungsprogramm, das wir für die Belegschaft quasi nebenbei, oft unbeabsichtigt, mitliefern, entsprechend mit zu entlohnen.

Immerhin dürfte das zur Hebung der guten Laune beim Rest der Belegschaft beitragen und somit auch deren Arbeitsfreude und damit auch der Arbeitsbereitschaft dienlich sein.

Kurz gesagt wir verdienen eigentlich viel mehr als wir tatsächlich kriegen, aber selbst das ist noch ein ganz gutes Einkommen.

In meinem Familienhaushalt kommt momentan der größere Teil unseres Familieneinkommens aus meiner Erwerbstätigkeit. Unsere Tochter darf die kleineren Preise, die sie gelegentlich bei den Wettkämpfen in ihrem Leistungssport erhält für sich behalten, die hat sie sich ja auch redlich verdient. Der Rest fließt in unsere gemeinsame Haushaltskasse, wie das eben bei Familien oft der Fall ist.

Dieses System hat in meinem Fall nur einen entscheidenden Nachteil.

Meine liebe Frau, die wunderbare Dani, hat da irgendwie, offensichtlich einer viel zu liberalen, antiautoritären, Alt-68`ger Erziehung geschuldet, ganz eigene emanzipatorisch geprägte Vorstellungen davon, wer diese gemeinsame Familienkasse verwalten sollte.

Nämlich sie selbst und sonst niemand!

Da ich in ihren Augen ein Chaot und Anarchist was Geldfragen betrifft bin und ohnehin nur Blödsinn mit Geld mache, wie zum Beispiel Ausrüstung für mein Hobby das Goldwaschen kaufen, hat sie kurzerhand die Kontrolle über das Familienkonto übernommen. Da ich weiß was gut für mich ist, habe ich lieber nicht widersprochen.

Eigenartig finde ich nur was eine so liberale und weltoffene, an Emanzipation orientierte, Erziehung, wie sie meine Frau offensichtlich genossen hat, dann für eine kleine Finanzdiktatorin hervorgebracht hat.

Da gibt es auf einmal gar keine basisdemokratischen Finanzentscheidungen mehr, keine demokratische Familiendiskussion über Finanzierungswünsche Einzelner, höchstens ein wohlwollendes Abwiegen der einzelnen Finanzinteressen durch die kleine, geliebte Gelddiktatorin.

Leider gibt ihr der Erfolg auch noch recht, es ist immer und ständig, egal was passiert, ausreichend Geld in der Familienkasse.

Übrigens ist hier auch ein gewisser Widerspruch in ihrem Verhalten erkennbar. Zwar werden Ausgaben fürs Hobby Goldwaschen scharf als Unsinn kritisiert, aber ein paar kleine Schmuckstücke aus dem gewaschenen Gold wurden dann doch gerne von ihr und unserer Tochter angenommen. Verstehe einer die Weiber!

Der Leser ahnt vermutlich worauf es hinausläuft. Ich, als Mann das natürliche biologische Familienoberhaupt, eigentlicher Patriarch der Familie, geborener Rudelführer, alles in einer Tradition seit der Steinzeit stehend und offensichtlich Jahrtausende in dieser Konstellation evolutionär erfolgreich, ausgerechnet ich, kriege von meiner Frau Taschengeld zugeteilt.

Welch Schande in einer langen Reihe erfolgreicher männlicher Familienoberhäupter. Mein Gehalt geht aufs von der Frau verwaltete Familienkonto und ich bekomme dafür von ihr ein Taschengeld.

Zugegeben, ich bekomme genug Taschengeld um wirklich gut über den Monat zu kommen, wenn ich keine blödsinnigen Ausgaben tätige. Tatsächlich habe ich am Monatsende fast immer noch Taschengeld übrig, wovon ich dann die Familie zum Essengehen einladen darf.

Wer sich nun fragt was das alles mit Birgit zu tun hat, außer dass sie sich gehässig darüber amüsiert, obwohl ich inzwischen mitbekommen habe, dass es ganz vielen männlichen Kollegen von mir ähnlich ergeht, dem sei folgendes verraten.

Natürlich haben sich Dani und Birgit über dieses Thema auch schon amüsiert unterhalten und natürlich hat Birgit auch Dani dabei bestärkt hier richtig und überlegt zu handeln.

Um sich darin zu sonnen, dass sie ihr Geld zwar auch gelegentlich zu Familienzwecken verwenden muss, aber zumindest freien, unbeschnitten Zugang zu ihrem eigenen Konto hat, bot sie mir grinsend etwas an.

Ich könne auf ihrer ausklappbaren Wohnzimmercouch wohnen, hätte da auch einen eigenen, von keinem anderen mitbestimmbaren Netflixanschluss. Es wäre auch immer genug Gin und für mich auch Bier im Kühlschrank.

Allerdings müsste ich ihr auch mein komplettes Einkommen überweisen, bekäme aber Hundert Euro mehr Taschengeld als zuhause.

Dabei grinste die auch noch sonderbar, ich bin mir sicher, wenn ich auf dieses Scheinangebot eingegangen wäre, hätte sie sofort Dani angerufen und gepetzt und dann wäre mir eventuell noch zur Strafe das Taschengeld gekürzt worden.

Aber immerhin ist die konstante Versorgung mit Taschengeld für mich auch im Interesse von Birgit, denn davon entrichte ich schließlich auch meinen Beitrag in die von Birgit überwachte Kaffeekasse auf Arbeit und beteilige mich an den Unkosten für die manchmal von ihr dort servierten Eierkuchen. (Oh gnädige Götter, mir fällt gerade auf es ist auf Arbeit ja wie Zuhause, nur in wechselnder Belegschaft, Birgit kontrolliert die Kasse).

Ich bin echt ein „Schandfleck" für alle noch ein wenig Restwürde behaltende Männer. Wo ist eigentlich die Männerselbsthilfegruppe, wenn man sie bräuchte? Ich kriege Taschengeld von meiner Frau, hallo, Hilfe! Wo ist eigentlich der empörte weltweite Aufschrei hierzu?

Ach egal, mir geht es ja gut, manchmal viel zu gut, sagen Dani und Birgit.

Birgit: Das Thema Taschengeld ist bei Volker wahrlich ein sehr wunder Punkt. Und ja, ich gestehe, es bereitet mir sehr viel Freude ihn immer wieder mal damit zu konfrontieren. Eigentlich gibt es Volkers Zeilen zu diesem Kapitel nichts mehr hinzuzufügen. Jeder Leser hat inzwischen eine ausreichende Vorstellung seiner Situation.

Wenn wir in unserem Büro die Vermögensverwaltung in Volkers Familie zur Sprache bringen lachen alle Kollegen laut. Eigentlich verstehe ich diese Reaktion nicht, denn den persönlichen Gesprächen untereinander ist zu entnehmen, dass nicht ein männlicher Mitarbeiter zu Hause die Hosen anhat, geschweige das Familieneinkommen verwaltet. Doch einer fällt mir gerade ein, aber der ist Single und damit wahrscheinlich der glücklichste von allen Anwesenden.

Dani und Volker hatten vor einiger Zeit das Zimmer der Tochter neu eingerichtet, die wochentags aber in ihrem Sportinternat wohnt und meist nur von Freitag bis Sonntag Zuhause weilt. Dies beinhaltete auch einen großen Fernseher mit Netflix-Anschluss. Es kam was kommen musste: Volker schlich sich bei der kleinsten Gelegenheit in dieses Zimmer, welches nicht seines ist, um auf dem neuen Bett zu lümmeln, welches nicht seines ist, betätigte den neuen Fernseher, welcher nicht seiner ist, sah Serien bei Netflix, die nicht gut für seine Entwicklung sind und trank Bier, welches eigentlich nur bei guten Leistungen im Haushalt seines ist. Ohne jemals dabei gewesen zu sein, sehe ich im Geiste, die Chefin Dani den Untertan Volker am Ohr ins Wohnzimmer ziehend auf das Sofa platzieren.

Es gab die erwartete Höchststrafe, selbstredend! Der alte Fernseher ohne Streamingdienst im Wohnzimmer strahlte, aber immerhin in Farbe, „Der Bulle von Tölz" aus. Da ist die Freude bei allen Anwesenden groß, einer konnte es nur nicht so zeigen.

Und da sind wir bei einem Punkt angekommen bei dem ein Unterschied zwischen Dani und mir zu erkennen ist: Das Fernsehprogramm!
Hier habe ich richtig Mitleid mit Volker.
Und da die Finanzierung eines neuen Fernsehers gemäß der Gattin überflüssig ist, schließlich funktioniert der Alte ja super, hatte Volker bis vor kurzem Pech mit der Programmwahl. Und sein Taschengeld reicht für ein neues Gerät nun wirklich nicht. Ich muss schon wieder lachen…

Zum Glück hatte ich eine Idee, welche sich vielleicht auf die Harmonie der Beiden positiv auswirkt. Ich regte bei einem gemeinsamen Ginabend die Anschaffung eines günstigen TV-Sticks an, welcher auch zügig von Dani bestellt und von der Tochter installiert wurde. Den musste Volker nicht mal von seinem Taschengeld bezahlen. Beide haben jetzt viel mehr Auswahl bei Filmen und Serien und finden hoffentlich etwas Schönes.

Das Leben kann so schön sein!

Volker: Ja stimmt, Dani kann jetzt noch viel mehr Frauenserien und langweilige Spielfilme auswählen, aber ich kann wenigstens, wenn Dani beschäftigt oder unterwegs ist, auch in meinem Wohnzimmer vernünftige Filme sehen. Ohne mein Taschengeld dafür aufgewendet haben zu müssen.

Birgit ist die Beste!

Jedenfalls manchmal, denn eines ihrer abscheulichen, unmenschlichen „Verbrechen" muss ich zum Thema Taschengeld noch loswerden.

Ich rechne ganz gerne mal was nach. Ich rechne auch gerne und relativ schnell. Als also mal wieder der Tag der Gehaltsabrechnungen kam und alle so ihren jeweiligen Gehaltszettel betrachteten tat ich das auch. Ich hatte ja schon erwähnt, wir verdienen ganz gut. Wobei mich einzig und alleine der Nettobetrag auf der Abrechnung interessiert. Warum dies so ist, ist mir selbst manchmal nicht so ganz klar, denn eigentlich geht dieser Nettobetrag auf unser Familienkonto und dann hat den Betrag Dani und sonst niemand.

Ich kriege davon ja, wie ebenfalls schon erwähnt, mein Taschengeld, zugegebener Maßen einen ganz ordentlichen Taschengeldbetrag, zugeteilt.

Vermutlich aus Neugier rechnete ich jetzt einfach mal aus wieviel Prozent meines Nettogehalts mir nun eigentlich als Taschengeld selbst zur Verfügung gestellt wird.

Es waren 6,89 Prozent.

Irgendwie entfleuchte mir dabei wohl ein Seufzer, jedenfalls kam Birgit zu mir, fragte nach, bekam mit wieviel Prozent Taschengeld mir also zugebilligt wurden, lachte herzhaft, teilte dies auch allen anderen Kollegen mit und kreierte recht bösartig meinen neuen Spitznamen im Kollegenkreis für die nächsten paar Wochen: „6,89".

Es dauerte wirklich einige Wochen bis ich diesen Spitznamen endlich wieder los geworden bin.

Kriege ich eine Massage?

Volker: Meine liebe Frau ist Physiotherapeutin, neben all ihren anderen unschätzbaren Vorteilen kann sie also auch professionelle, medizinische Massagen durchführen. Wenn ich gelegentlich mal längere Zeit lieb war, was also bei meiner liebreizenden Frau natürlich eher folgsam heißt, bekomme ich auch mal zur Belohnung eine Massage. Vor allem, wenn ich irgendwelche körperlichen Arbeitsaufträge im Garten, den Beeten oder an Haus und Hof folgsam und zu ihrer Zufriedenheit ausgeführt habe.

Da Birgit auf Arbeit der männlichen Kollegenschaft, mich eingeschlossen, wenn überhaupt, dann nur mit einer Massage mit ihrem Holzlineal droht, habe ich mich von vornherein nur für das Massageangebot Zuhause bei Dani entschieden.

Es gibt für mich allerdings noch eine Möglichkeit an eine Massage Zuhause zu kommen. Dazu muss ich etwas ausholen. Zwar bin ich von uns drei Brüdern, obwohl ich der Älteste bin, der

Kleinste, das heißt aber nicht, dass ich wirklich klein wäre. Immerhin ist der Jüngste 1,90 Meter groß und der Andere kommt diesem Wert zumindest recht nahe. Ich selbst bin dann mit meiner ganz normalen Durchschnittsgröße eben trotzdem der Kleinste. Allerdings nützt es mir nicht allzu viel eine durchschnittliche Größe zu haben, wenn mein Gewicht sagt ich müsste dazu passend eigentlich 2 Meter groß sein.

Der Leser versteht sicher mein Dilemma.

Meine Frau sieht dieses Dilemma auch und hat es sich zur Aufgabe gemacht aufzupassen, dass mein Gewicht nicht auch noch irgendwann eine Größe von 2,10 Meter fordern würde.

Es wurde vorab schon angesprochen, Birgit und ich starten gelegentlich bei Laufveranstaltungen in unserer Region für die Laufgruppe des Eldaring e.V., unser Arbeitgeber wiederum gibt uns freundlicherweise die Möglichkeit, während der Arbeitszeit gelegentlich Sport machen zu dürfen.

Also haben Dani und Birgit beschlossen, dass es ja durchaus Sinn machen würde, wenn wir, also

Birgit und ich, auch beim Sport auf Arbeit Geländeläufe trainieren würden. Wir könnten also nebenbei gleich für die Laufveranstaltungen trainieren, ich könnte mein Gewicht im Zaum halten, Dani hätte wieder ihre Erfüllungsgehilfin, die mich auf Arbeit antreibt, Birgit müsste nicht alleine laufen gehen, allen wäre geholfen. So wurde es also beschlossen.
Diesmal ist mit dieser Regelung wirklich allen irgendwie geholfen.

Birgit und Dani sind die Besten!

Allerdings erfordert natürlich ein derart fleißiges Zusatztraining eine Belohnung. Also habe ich mir angewöhnt, sofort nach unserem Lauftraining auf Arbeit, noch vor dem Duschen, eine WhatsApp Nachricht an Dani zu senden, in der ich über meinen beklagenswerten, erschöpften Zustand, Gelenkschmerzen, Muskelziehen und Allerlei jammere. Für diesen Zustand habe ich dann sogar noch Birgit im Hintergrund als unparteiische Bestätigung meiner sportlichen Leistung, das macht Sinn.

Meist kommt umgehend Danis Antwort mit dem Trostangebot dafür zum Ausgleich Zuhause eine schöne Massage zu bekommen. Klappt doch, ein bisschen Jammern hilft immer. Zumal Dani ja auch eine Hobbyhundezucht betreibt und alle paar Jahre unsere Schnauzerhündin einen Wurf machen lässt, habe ich mir von den Schnauzern diesen Hundeblick angenommen, der hilft auch manchmal.

Gewusst wie, sage ich dazu nur.

Birgit: Auf die Massage nach dem Joggen bei Volkers Familie bin ich schon ein bisschen neidisch. Den Service hätte ich auch gerne zu Hause.

Auf Arbeit haben die Mitarbeiter einmal die Woche die Möglichkeit eine professionelle Massage zu bekommen, aber in den eigenen vier Wänden ist das sicher gemütlicher. Naja, ich gönne es dem Volker natürlich, wenn er fleißig laufen war.
Wenn!
Einmal sind wir nicht joggen gewesen, weil

etwas dazwischenkam. Ich erschien im Büro und sah Volker auf seinem Handy eine Nachricht tippen. Sein komisches Grinsen und die kleinen Teufelshörnchen, welche durch seine Haare drangen, ließen mich nachfragen was er schon wieder anstelle.

Stolz erklärte er mir, dass er Dani gerade über seine Schmerzen in den Beinen berichte. Die mitfühlende Gattin ging bei dem Gejammer natürlich davon aus, dass wir joggen waren, ohne weiter nachzufragen und bot für abends erwartungsgemäß eine Massage an.

So ein Sack, dachte ich. Das konnte ich ihm unmöglich durchgehen lassen. Also schrieb ich Dani ebenfalls eine WhatsApp mit den klärenden Fakten.

Es kam auch unverzüglich eine Antwort von ihr: „Vielen Dank für diese interessante Information. Das werde ich nachher mit Volker auswerten!"

Der war natürlich entsetzt über den Verrat, wie er es nannte.

Aber erstens müssen wir Frauen zusammenhalten, und zweitens ist das alles nur zu seinem Besten.

Dienstreisen mit Honeymoon Suite

Volker: Gleich vorweg, es handelt sich nicht um Dienstreisen im klassischen Sinne.

Vielmehr machen wir einmal im Jahr mit unserer Abteilung ein verlängertes Skiwochenende in Oberwiesenthal. Allerdings anders als bei einer echten Dienstreise reisen wir auf eigene Kosten und in unserer Freizeit zu diesem jährlichen Skiwochenende mit unseren Kollegen an. Unser Arbeitgeber gewährt uns lediglich einen vor - oder nachzuarbeitenden freien Freitag zu diesem gesellschaftlichen Ereignis, an dem man allerdings auch Urlaub nehmen kann um den Tag nicht vorarbeiten zu müssen.

Eigenartiger Weise lässt uns unser Lieblingshotel direkt an der Skipiste auch jedes Jahr wieder als Gruppe einchecken, vermutlich weil unser Konsum alkoholischer Getränke in den Hotelbars jeglichen zusätzlichen Aufwand, den wir dort bisher gelegentlich verursacht haben, finanziell fürs Hotel, mehr als ausgleicht.

Die haben da sogar eine sehr ordentliche Ginkarte und eine zeitlich gut und günstig liegende Happy Hour, was Birgit natürlich sofort beim allerersten Eintreffen herausgefunden und ausprobiert hat. Seitdem macht sie dies jedes Jahr gleich beim Eintreffen und verleitet mich, trotz gegenteiliger guter Vorsätze, immer gleich mit dazu. Hach, ich bin aber auch so leicht beeinflussbar in solchen Dingen und Dani sagt mir ja auch vor jeder dieser Skireisen ich soll einfach im Zweifelsfall immer auf Birgit hören. Das mache ich dann natürlich in solchen Fällen auch gerne.

Da Doppelzimmer pro Person preiswerter sind als Einzelzimmer hatten Birgit und ich, nach Rücksprache mit Dani, die Idee uns ein gemeinsames Doppelzimmer zu teilen.

Zum moralischen Entsetzen einer offensichtlich in unsere Lebensverhältnisse nicht eingeweihten Kollegin, die fragte ob Dani das eigentlich wüsste und nicht minder entsetzt war als sie hörte: Ja natürlich, das wäre mit ihr zusammen sogar so geplant worden. Herrlich dieser fragende, verwirrte Gesichtsausdruck, der sich bei der Kollegin dabei ergab.

Natürlich war es uns eine diabolische Freude die Harmlosigkeit dieser Situation, an dieser Stelle, natürlich nicht aufzuklären um der Gerüchteküche freien Lauf zu lassen. Einschränkend muss hierzu allerdings erwähnt werden, dass zumindest die langjährigen Kollegen sehr wohl die harmlosen Umstände zwischen uns kennen und sicher die Kollegin irgendwann aufgeklärt haben.

Überflüssig zu erwähnen, dass das Hotelpersonal auch jedes Mal davon ausgeht, dass wir ein Paar sind und mich gelegentlich auf solche Sachen hinweist wie:

„Ihre Frau ist schon in ihr Zimmer vorgegangen und lässt ausrichten, sie sollen erst die Skier in den Skikeller bringen und dann bitte die Koffer nach oben bringen, ihre Handtasche hätte sie schon bei sich im Zimmer."

Das mir dann unwillkürlich entfleuchte: „So ein Biest, so ein verdammtes, faules, freches Biest," kennt das Personal von langjährigen Paaren sicher zur Genüge, wenn der genervte Mann wieder irgendetwas für die werte, vorlaute Lebensgefährtin zu erledigen hat und bestärkt dieses sicher weiter in der Annahme wir wären tatsächlich ein Paar.

Aber neben ihrer Vorliebe für Gin und ihrer daraus resultierenden Trinkfestigkeit, was auf Skiwochenenden sicher ein erheblicher Pluspunkt ist, hat Birgit auch noch andere Vorteile.

So lässt sie zum Beispiel immer ein Nachtlicht brennen für den Fall, dass ich mal etwas später von der Bar, wenn sie schon schläft, ins Zimmer gewankt komme, damit ich mich an der Schwelle nicht stoße und mir wehtue und auch leichter meine Betthälfte finde. Ja sie kann sehr fürsorglich sein.

Lobenswert ist auch der Umstand, dass sie morgens nicht länger als 15 Minuten fürs Duschen und Schminken braucht, was ich genüsslich Zuhause meiner lieben Dani vorhalten kann, die deutlich länger braucht, weshalb wir Zuhause auch zwei Badezimmer haben (müssen).

Natürlich hält Birgit während der Reise auch alle angetrunkenen, dann vielleicht etwas anstrengenderen, Kollegen und Kolleginnen, wie ein bissiger Wachhund aus unserem gemeinsamen Zimmer fern. Das ist natürlich auch ganz deutlich in Danis Interesse, denn ein eventuell denkbares Fortsetzen des munteren Treibens an der Hotelbar, nach deren Schließung, auf unserem Zimmer, wäre ganz sicher nicht förderlich für meine geistige Entwicklung. Jedenfalls sagen das Birgit und Dani. Auf alle Fälle wäre das allerdings nicht förderlich für Birgits nächtlichen Schönheitsschlaf, den eine Frau ihres Alters ja nun auch wirklich so langsam braucht.

Und ganz sicher ist Birgit auch unentbehrlich in allen Planungs- und Sicherheitsfragen während dieser Skireise. So drängt Birgit jedes Mal, unmittelbar beim Beziehen unseres Zimmers, darauf, dass ich die Autoschlüssel und Papiere sofort in dem Zimmersafe hinterlege. Natürlich auch im eigenen Interesse, denn wir reisen natürlich als Fahrgemeinschaft beide gemeinsam an, auch wir haben ein Umweltbewusstsein und achten auf unseren ökologischen Fußabdruck, so dass also, wenn ich die Autoschlüssel irgendwo auf der Skipiste verlieren würde, sie selbst auch nicht mehr weg kommen würde bei der Abreise. Aber sie denkt noch weiter für uns mit, denn sie zwingt mich auch immer gleich, einen Teil meines Bargeldes im Safe zu lassen, damit ich nicht alles mit mir rumschleppe und vielleicht verliere oder zu viel Geld für Blödsinn ausgebe. Äh, wo hatte ich das nur schon mal gehört? Ach ja, beim Thema Taschengeld, aber da von Dani, ist doch immer das Gleiche irgendwie, dem entkomme ich scheinbar nicht.

Überflüssig zu erwähnen, dass natürlich Birgit die Kombination des Zimmersafes einstellt, mir die zwar sagt, dann allerdings altersbedingt beim Mitteilen dieser Kombination selbige bereits vergisst und so dafür sorgt, dass ich den Safe erst mal nicht mehr, ohne Hilfe des Personals, wieder aufbekomme.

Natürlich musste ich dann runtergehen zur Rezeption und dort mitteilen, dass meine „Frau" die Kombination vergessen hat und wir eine Freischaltung bräuchten.

Auch das wird das Personal von langjährigen „Paaren" kennen.

Zum Glück fahren wir beide recht sicher Ski, so dass es mir meistens gelingt direkt auf der Piste von Birgit nicht gezüchtigt zu werden, weil ich schnell genug bin und sich deshalb trotzdem niemand von uns beiden bei den einsetzenden Verfolgungsjagden auf der Skipiste verletzt. Das ist mitunter für jemanden wie mir, mit einer recht großen Klappe, ein zwingend notwendiger, evolutionärer Überlebensvorteil, zumindest auf der Skipiste.

Bis zum täglichen Apréski-Ginabend hat Birgit dann, vermutlich wieder geschlechtsbedingt oder gar altersbedingt, die meisten meiner kleinen Verfehlungen vergessen und vergeben und widmet sich pflichtbewusst ihrem, von Dani erteilten, Pflege- und Hegeauftrag mir gegenüber.

Birgit: Ja, ja, die Skifahrten. Die meisten Umstände beschreibt Volker zutreffend, einige habe ich ganz anders in Erinnerung. Die Episode mit dem Tresor gibt er garantiert absichtlich verdreht wieder.

Es verhält sich wirklich so, dass ich nach dem Beziehen des Zimmers die Kombination des Tresors einrichte.

Volker liegt da meistens schon auf dem Bett, hält verzückt die Fernbedienung des Fernsehers in den Händen und labert immer so was wie „Mein Schatz!". Klingt schon fast irre seine Stimme in diesem Augenblick. Aber ich lasse ihm die Freude. Ich habe zuhause schließlich eine eigene Fernbedienung, er nicht!

Ich knöpfe ihm also alle Wertgegenstände ab, weil er immer alles verliert, stecke ihm so ungefähr 50,- Euro von seinem Taschengeld in seinen Brustbeutel für den Nachmittag, weil er sonst nur zu viel Blödsinn kauft und erkläre ihm jedes Jahr aufs Neue die Funktion des Tresors, selbstverständlich inklusive der Zahlenkombination!

B: „So Volker, nun lege doch mal bitte die Fernbedienung zur Seite und höre mir zu."

V: „Bekomme ich die nachher auch wieder?"

B: „Ja!"

V: „Versprochen?"

B: „Jaha!"

V: „Na gut! Was ist denn?"

B: „Ich will dir die Tasten- und Zahlenkombination vom Tresor zeigen damit du ihn auch bedienen kannst. Schließlich sind da die Autoschlüssel, Papiere und alles Wichtige drin. Also schau zu. Die Zahlen 1, 9, 4, 1 musst du dir merken, ok?"

V: „Ist das dein Geburtsjahr?"

B: „Wie bitteeee?"

V: „Es tut mir leid, wirklich!"

B: „Warum grinst du dann wieder so blöd? Ich warne dich! Noch so ein Spruch und du zahlst heute alle meine Gin Tonics an der Bar.

So, der Tresor ist zu.
Packe jetzt deine Sachen aus, Freundchen!"

V: „Ich muss noch mal zum Auto. Ich konnte den Weinkarton nicht mehr tragen vorhin, da ich ja auch für dein Gepäck zuständig war."

B: „Höre ich da einen klitzekleinen, vorwurfsvollen Ton in deiner Stimme?"

V: „Nein, nein, ich mache das gerne, hat Dani gesagt."

B: „Dein Glück! Na dann nimmst du eben die Autoschlüssel wieder aus dem Tresor."

V: „Mmmm, duhu?"

B: „Ja?"

V: „Du musst mir die falsche Kombination gesagt haben. Auf dem Tresordisplay steht „Error", dreimal hintereinander."

B: „Welche Zahlen hast du eingegeben?"

V: „1, 9, 4, 2, wie du gesagt hast."

B: „1, 9, 4, 1 habe ich gesagt!"

V: „Hast du gar nicht, das weiß ich ganz genau!"

B: „Volkerrr, ich wählte das Geburtsjahr meiner Erbtante, das weiß ICH ganz genau.
Du hast wieder nicht richtig hingehört, weil du in Gedanken nur bei der Fernbedienung warst!
Los runter zur Rezeption mit dir.
Kläre das! Danach holst du den Wein.
Und alles ohne Fahrstuhl, jeder Gang macht schlank! Zackzack!
Arme und Beine bilden eine rotierende Scheibe! Lohos!"

V: „Manno, ist ja wie zuhause!"

B: „Schnauze!"

V: „Selber Schnauze!"

B: „Bist du etwa immer noch hier? Ab jetzt!"

V: (Mit einem unverschämten Unterton) „Ja, Herrin, sofort, Herrin, vielen Dank, Herrin."

Volker geht also grummelnd los. Nur etwas später höre ich ein Klicken. Ich gehe zum Tresor. Das „Error" ist verschwunden vom Display. Alle Funktionen sind wieder möglich. Ich schmeiße mich auf das Bett und klaue die Fernbedienung von Volkers Seite.

Er wird ja noch eine Weile beschäftigt sein. Bewegung und Kommunikation mit fremden Menschen sind gut für seine Figur und seine Entwicklung.

Dienstreisen mit Honeymoon Suite können ja so entspannend sein.

Für mich!

Auch Männer können unterdrückt werden, Frauen sowieso!

Volker: Bevor ich mich zu diesem Thema nun etwas ausführlicher auslasse, möchte ich ausdrücklich darauf hinweisen, dass dieses Buch unter den Kriterien Belletristik-Humor rangiert. Ich hoffe damit die Schwere meiner häuslichen Bestrafung durch meine liebe und hoffentlich weiter auch äußerst sanftmütige, liebreizende Frau, der unwiderstehlichen Dani, sowie auch die Schwere meiner zu erwartenden Bestrafung durch meine liebe, aber nicht immer so ganz sanftmütigen, Kollegin und Freundin Birgit etwas abzumildern.

Angst verspüre ich trotzdem und werde sicher einige Nächte sehr unruhig, von Alpträumen geplagt, schlafen.

Trotzdem, ich fange an.

Natürlich ist es evolutionär von einer umsichtigen Natur oder wohlwollenden Göttern und einsichtigen Göttinnen so geregelt worden, dass der Mann, die Krone der bisherigen

Schöpfung, also der unumschränkte Familienvorstand ist.

Millionen Jahre der menschlichen Entwicklung haben dazu geführt, dass der Mann anführt und die Frau folgt. Undenkbar, dass in früheren Zeiten, wenn der anführende Mann der Sippe alle anwies eine neue Höhle als Heim zu suchen, weil in der momentan genutzten Höhle, der dort ebenfalls siedelnde Säbelzahnlöwe oder der Höhlenbär einfach den Familienfrieden in dieser momentan genutzten Wohnhöhle stören würde, irgendein aufmüpfiges Weibsbild erst mal Diskussionsbedarf hierzu angemeldet hätte.

Vielleicht noch ergänzt mit dem Hinweis, dass zuerst einmal eine eventuelle neue Inneneinrichtung der neu zu suchenden Höhle besprochen werden müsste und überhaupt erst mal Schwiegermutter gefragt werden sollte was sie davon halten würde.

Die Menschheit hätte in diesem Fall einfach zwecklich als Löwen- und Bärenfutter dienend, zwar gleichberechtigt, aber eben ausgerottet, aufgehört zu existieren.

Ebenso wären solche weiblichen Standardsätze als Antwort für folgende Problematik genauso selbstvernichtend gewesen und waren undenkbar:

Mann: „Alle aufpassen, Achtung! Mammutherde von links."

Frau: „Wo, denn?"

Mann: „Na links."

Frau: „Da ist gar nichts."

Mann: „Ey, Frau, das andere Links."

Frau: "Ja, denkst du ich hätte das nicht gesehen?"

Mann: „Ja, denn sonst würdest du langsam den Mammuts aus dem Weg gehen."

Frau: „Hey, man ey, du denkst wohl ich bin blöd?"

Mann: (Noch ganz der unumstrittene Rudelchef) „Ja."

Frau: „Ich lass mir von dir nichts befehlen."

Mann: „Na dann bleib doch stehen, ich trete jedenfalls beiseite."

Frau: „Mache ich auch, ich lasse mir nichts befehlen, ätsch."

Mann: (Fünf Minuten später) „Siehst du, jetzt bist du platt, was?"

Kurz darauf wäre die Menschheit wohl ausgestorben.

Wann also hat sich dieses überaus bewährte System der entwicklungsgeschichtlich bevorzugten Vorherrschaft des Mannes also geändert?

Und warum eigentlich?

Ich vertrete die Hypothese, das hat alles damit zu tun, dass Frauen inzwischen Autofahren dürfen, ein eigenes Konto besitzen dürfen, an Wahlen und Abstimmungen gleichberechtigt teilnehmen dürfen, den Ehegatten selbst auswählen dürfen, vielleicht demnächst sogar noch dem Mann widersprechen dürfen. Soweit kommt es noch.

Leider gibt es zwei Frauen, die dies alles ganz anders sehen als ich.

Mit einer bin ich verheiratet und mit einer arbeite ich zusammen und bin mit ihr auch befreundet.

Das heißt ausgerechnet ich bin also fast 24 Stunden am Tag von mindestens einer autoritären, emanzipierten, also kurz gesagt streitlustigen Frau umgeben.

Und die sind sich auch noch einig, dass ich meine angeblich antiquierten, eigenartigen Ansichten auf keinen Fall ausleben dürfen sollte und ersticken jeden aufkommenden Keim in mir, der zur wenigstens teilweisen Wiedererlangung des mir zustehenden männlichen Führungsprivileges führen könnte. Ich bin echt am Arsch.

Nichts gegen Gleichberechtigung, dann aber bitte auch für Männer.

Ich will auch mal im Restaurant fast nichts, außer einem lächerlichen Salat bestellen, weil ich keinen großen Hunger hätte und dann im Anschluss den Teller mit richtigem Essen bei meiner Frau halb leerfressen.

Ich will auch mal meiner Frau das Taschengeld zuteilen.

Ich will bei den Skiwochenenden mit den Kollegen selbst entscheiden ob und wenn ja wie viel Geld ich im Zimmertresor lasse.

Ich will überhaupt mal etwas selbst entscheiden können, ich meine etwas Richtiges und nicht ob ich den Klodeckel beim Pinkeln nun hochklappe oder mich brav setze. Wobei ich nicht mal das selbst entscheiden darf, weder zuhause noch im Hotelzimmer mit Birgit.

Dies ist ein Hilferuf, jawohl ein verzweifelter Hilferuf eines unterdrückten, armen, bedauernswerten männlichen Wesens.

An alle jungen, attraktiven, schlanken, superreichen, nicht zum Widerspruch neigenden, gerne kochenden und putzenden

Frauen: Kann mich vielleicht wenigstens eine
retten kommen und heim in ihr Schloss holen?

Ich bin auch ganz brav (meist) und stubenrein
(immer), zumindest darin unterscheide ich mich
vom männlichen Urmenschen. Wenn es sein
muss, setze ich mich sogar aufs Klo zum Pinkeln.

Birgit: Volker holt ja ganz schön aus. Wenn er
und seine Sippe damals gelebt hätten, wäre
das Problem mit dem Säbelzahntiger jedenfalls
nicht aufgekommen, der war nämlich in
Amerika ansässig.
So eine Mammutherde konnte einer
europäischen Familie allerdings schon mal mit
überhöhter Geschwindigkeit die Vorfahrt
nehmen.
Zugegeben die Frage, wo liegt rechts, wo links,
überfordert das eine oder andere Weibchen bis
ins hohe Alter. Aber dafür haben Frauen
meistens ein sehr gutes Gehör und dazu die
Gabe, mit jemandem einen Dialog zu führen und
trotzdem jedes Wort eines anderen Gesprächs
in der näheren Umgebung zu erfassen. Das war

sicher schon früher so. Deshalb konnte die Frau und Mutter einer Sippe wahrscheinlich ihren verlausten Kerl zum Anziehen eines neuen Bärenfells vollmeckern, einem Kind einen Knochen ins Haar dekorieren und dem jüngsten Nachwuchs die Muttermilch kredenzen und aufgrund ihres exzellenten Gehörs gepaart mit Bauchgefühl trotzdem die Mammuts wahrnehmen.

Da war es egal, ob die Gefahr von rechts oder links kam.

Ich denke, die angeblichen Herren der Schöpfung hätten sich nicht erwähnenswert weiterentwickelt, wenn sie nicht tolle Frauen an ihrer Seite gehabt hätten.

Irgendwo vernahm ich mal, dass Männer nur den aufrechten Gang erlernten, um besser an den Tresen zu kommen. Aber das führt jetzt wohl zu weit.

Ja, Gleichberechtigung ist toll!

Aber eben nicht gut für Volker. Ich will hier wirklich nicht erläutern, welcher Aufwand betrieben werden musste, um ihn stubenrein zu bekommen.

Dani quält sich sein Essen im Restaurant auch nur rein, damit Volkers Garderobe noch zu retten ist. Diese spiegelt nämlich anschließend die Speisekarte der Gaststätte wieder und mir ist das von den Essenspausen auf Arbeit auch nicht fremd. Weil ich ihn seine Garderobe nach der Pause öfter wieder reinigen lassen muss. Lätzchen sind ihm aber peinlich und der Familie am Tisch eigentlich auch.

Ein Teufelskreis!

Bei Volkers Aufzucht und Erziehung ist kein Verhandlungsspielraum vorgesehen.

Das sieht Dani so, das sehe ich so.

Punkt!

Schön, dass wir das gleiche Hobby haben!

Volker: Es wurde ja schon mehrfach erwähnt, Birgit und ich laufen bei Wettkämpfen mit. Dafür trainieren wir auch zusammen, seltener im Wald bei mir zuhause, dafür regelmäßig auf Arbeit während unserer Sportstunden, die uns von unserem Arbeitgeber gewährt werden.

Hier haben wir schon mal unser erstes gemeinsames Hobby gefunden, was dazu führte, dass wir regelmäßig in den Parks der Umgebung, zu allen Jahreszeiten, wenigstens einmal pro Woche, joggen sind.

Natürlich auch im Sommer. Immer wieder haben wir es uns gegenseitig versichert wie toll wir das finden hier ein gemeinsames Hobby gefunden zu haben. Das bringt uns natürlich auch, neben der gemeinsamen Arbeit, fast zwangsläufig menschlich näher.

Dani ist beruhigt, dass ich durch Birgit also auch beim Sport, wenn sie selbst mal nicht mitjoggen kann, betreut werde, denn bei Herren fortgeschrittenen mittleren Alters wie mir, ist natürlich die Gefahr gegeben, sich in neuer, ungewohnter Umgebung schnell mal zu verlaufen. Oder einfach an der nächsten Kneipe anzuhalten und eine Sportlermolle zu sich zu nehmen um damit den Sport kurzfristig etwas erträglicher zu gestallten. Das ist natürlich nicht in Danis Sinne und auch nicht in Birgits. Natürlich haben beide mir auch erklärt das könne ja wohl auch nur in meinem Sinne sein, Sport und zwar richtigen Sport, also Ausdauersport zu treiben, das würde mir sehr gut tun und des Weiteren auch meiner geistigen Erbauung dienen, denn frei nach den alten Griechen: In einem gesunden Körper wäre auch ein gesunder Geist zu finden.

Eines Tages rannte ich also wieder mal mit Birgit durch den Park. Es war ziemlich heiß, denn wir hatten Sommer. Einer der vielen völlig zu Unrecht nicht ausreichend gewürdigten Begleiterscheinungen des Klimawandels, zu wesentlich heißeren Sommern, ist der Umstand, dass man viel öfter, lediglich knapp bekleidete, Frauen in den Parks beobachten kann. Das freut mich als Mann natürlich, ein Schelm und Heuchler wer als Mann etwas Anderes behaupten würde. Birgit erfreut sich ebenfalls an diesen hin und wieder sehr ansprechenden Anblicken.

(Natürlich laufen auch knapper bekleidete Männer durch die Parks, zur Freude der Damenwelt, gleiches Recht für alle, aber das interessiert eben Birgit und mich nicht so sehr).

Um ja nichts zu versäumen, machen wir uns gelegentlich gegenseitig darauf aufmerksam, wenn eine attraktive Frau unseren Weg kreuzt, meist sehen wir das aber sowieso gleichzeitig. Es versteht sich von selbst, dass wir immer nur einen kurzen Blick wagen und niemals aufdringlich gaffen oder gar anzüglich werden oder blöde Sprüche machen.

Wir wissen schon was sich gehört und was sich von selbst verbietet.

Als wir da also wieder mal so rannten, lief vor uns eine, wie uns schien, überdurchschnittlich hübsche Frau entlang. Beide haben wir natürlich kurz geguckt. Als wir an ihr vorbeigerannt waren und einen entsprechenden Abstand hatten, bei dem uns niemand mehr hören konnte und sich auch niemand davon belästigt fühlen musste, riefen wir unabgesprochen, uns anblickend, grinsend, beide gleichzeitig: „Schön, dass wir das gleiche Hobby haben!"

Im Anschluss haben wir uns fast scheckiggelacht.

Birgit darf das schließlich auch, die ist eine Frau. Ich darf das, weil ich von Birgit beaufsichtigt werde und mich an ihr orientieren muss.

Man könnte aber auch sagen: Zwei Doofe, ein Gedanke.

Irgendwann fangen die uns wahrscheinlich mal weg, wenn wir uns lachend im Park auf dem Boden rollen und stellen uns dem Sozialpsychiatrischen Dienst des Bezirksamts vor. Egal, wir gehören ohnehin in die Klapse. (1) Aber da wollen die uns wahrscheinlich auch nicht wirklich dabehalten.

Also rennen wir weiter gelegentlich durch Parks und trainieren fleißig.

(1) Umgangssprachlich in Berlin-Brandenburg für geschlossene Psychiatrie

Birgit: Früher war ich immer mit meinem Hund joggen, jetzt habe ich Volker. Mit meinem Vierbeiner konnte ich leider nie ohne Leine laufen gehen, da er hinter jedem Eichhörnchen oder anderen Joggern hinterherjagte.

Volkers Erziehung ist inzwischen schon auf einem guten Niveau, das ermöglicht uns das Laufen ohne Leine.

Unauffällig und unschuldig in die Gegend schauen beherrscht er wahrscheinlich seit der Kindheit.

Joggen mit einem entspannten Tempo und guten Gesprächen macht mit ihm richtig Spaß. Wenn das Wetter dann noch mitspielt, ist in den Parks und Grünanlagen Berlins richtig was los.

Gerade vormittags wird sich viel bewegt.

Abgesehen von anderen Läufer*innen, bewegen sich viele Gruppen in Form von Aerobic, Tai-Chi, Ballsport oder einfach mal kollektivem Baumknutschen.

Die Liste ist da endlos.

Und einige Menschenkinder sind in Bewegung nett anzusehen. Andere eher weniger.

Volker erwähnte bereits, wo unser Focus liegt.

Einmal kamen wir beim Laufen in einen ordentlichen Regenschauer.

Alle Parkbesucher wuselten hektisch nach Hause.

Nur eine attraktive junge Frau genoss die Abkühlung in absoluter Gelassenheit.

Sie kam uns entgegen, streckte ihre Arme in die Höhe beim Gehen und schüttelte ihr langes nasses Haar.

Irgendwie in Zeitlupentempo.

Volker und ich liefen auch irgendwie in Zeitlupe. Den Regen nahmen wir nicht wirklich wahr. Ich glaube, ein Grinsen auf ihrem Gesicht erkannt zu haben. Zurück in der Realität, gab ich Volker einen kleinen Stups. Wir sahen uns wortlos an und mussten so lachen.

Volker ist mein Kumpel, und wir verstehen uns oft ohne Worte, nicht nur beim Joggen!

Gibt es ein Leben nach der Arbeit?

Volker: Ob es ein Leben nach der Arbeit gibt, ist natürlich zunächst einmal eine rhetorische Frage. Außerdem ist es natürlich darüber hinaus fast schon eine philosophische Frage.

Natürlich bleiben, soweit es mich betrifft, die wichtigsten körperlichen Funktionen, die gemeinhin die Definition eines bestehenden Lebens erlauben würden, auch über den eigentlichen Arbeitstag hinaus bestehen. Bei Birgit bin ich mir nicht völlig sicher, die verfällt gelegentlich in einen Zustand den ich gemeinhin als Scheintod oder Winterschlaf bezeichnen würde. Besonders wenn ich versuche mit ihr ein niveauvolles Gespräch zu führen.

Ich habe allerdings inzwischen gelernt, dass ich Birgits Aufmerksamkeit ziemlich leicht behalte, wenn ich in dieses Gespräch, von Zeit zu Zeit, bestimmte Worte wie Gin, Party, Grillen, Blondine von links oder Ähnliches einbaue.

Aber das alles beantwortet nicht die eigentliche philosophische Frage nach dem Leben nach der Arbeit.

Ich selbst habe meist zuhause erst mal eine zweite Schicht. Ungünstiger Weise ist meine Frau immer vor mir zuhause und empfängt mich gelegentlich mit Arbeitsaufträgen, die sie sich in ein paar freien Minuten, einfach mal so, für mich ausgedacht hat. Oft wird das noch gespickt mit Bemerkungen denen ich entnehmen kann, dass Dani vorab mit Birgit Kontakt hatte, die ihr versicherte, dass wir heute keinen besonders anstrengenden Arbeitstag hatten, woraus Dani natürlich schließt, dass ich mich über ein bisschen zusätzliche Beschäftigung eigentlich freuen müsste.

Manchmal kann ich meine Freude dann gar nicht so zeigen, wie es ihre, mir mit dem Ersinnen von Arbeitsaufträgen bewiesene Fürsorge, eigentlich erfordern würde.

Aber wenn ich brav irgendwelche Äste zersägt habe, Brennholz für den Kaminofen mache oder sonst wie fleißig bin, werde ich oft mit einem kühlen Bier, oder gar einer Massage belohnt, da fängt dann auf alle Fälle das Leben nach der Arbeit an.

Aber es gibt auch ein gemeinsames Leben nach der Arbeit mit Birgit zusammen, gelegentlich feiern wir etwas, grillen im Garten, haben einen Ginabend, oder versuchen Danis Chili con Carne, mit unseren sauscharfen, selbstgezüchteten Chilischoten aus unserem eigenen Garten, zu verspeisen ohne zu weinen.

Da wir bei diesen Gelegenheiten immer viel Spaß haben, ist dies garantiert ein sogar sehr angenehmes Leben nach der Arbeit und dann haben wir ja auch noch unsere Laufwettkämpfe mit anschließendem Kuchenbuffet. Die verlorenen Kalorien werden dabei meist viel zu schnell, wenigstens mit Freude, wieder ersetzt.

Aber wenn es doch Spaß macht.

Ja, es gibt ein Leben nach der Arbeit, eindeutig, es kommt nur meist viel zu kurz.

Leider!

Birgit: Wenn ich, gemäß Volker, in einen Zustand von Scheintod oder Winterschlaf verfalle, dann liegt es sicher an ihm. Wahrscheinlich muss ich wieder mal eine Frechheit seinerseits verarbeiten. Das kostet natürlich Kraft, welche ich dann sammle, zur Vermeidung weiterer Frechheiten. Dani und ich haben schließlich einen 24/7 Job Dank Volker.
Die erwähnten Worte, mit denen er meine volle Aufmerksamkeit zurückerlangt, stimmen allerdings. Sie sind hier aber nicht abschließend aufgezählt.
Brünette von rechts klappt genauso gut!
Während Volker in seiner sogenannten Freizeit (haha!) beschäftigt, aber auch belohnt wird, kann ich mir, wie bereits erwähnt, meine Zeit so ziemlich selbst einteilen und gestalten.
Natürlich habe auch ich für mich selbstverständliche Verpflichtungen meiner Familie gegenüber. Und natürlich gibt es da bei Volker und mir noch weitere Freunde, die das Leben bereichern.
So bin ich nicht selten mit meinen Mädels zusammen, welche, wen wundert es, eine

beeindruckende Menge und Auswahl an Gin
vorzuweisen und anzubieten haben.
Wie anfangs erwähnt, reise ich gerne in der Welt
umher. Und ich habe eine Schwäche für
Sneaker. Die sind manchmal so kostspielig, dass
man von dem Geld locker hätte verreisen
können. Da ich inzwischen aber jede Möglichkeit
der Unterbringung in der Wohnung
ausgeschöpft habe, versuche ich es mal mit
Vernunft.
Ich kaufe andere Dinge, die mich erfreuen.
Wenn das nicht ein guter Plan ist...
Ohne ein Nachkriegskind zu sein, habe ich eine
schöne Macke, und ich glaube, Dani hat die
auch.
Wir kaufen auf Vorrat!
Erstens um gegen Engpässe gewappnet zu sein
und zweitens um den Mengenrabatt
auszuschöpfen.
Hätten Volker und ich eine Wohngemeinschaft
würde sich wohl nicht viel für ihn ändern.
Er bekäme endlich sein ersehntes
Goldwaschbrett, eine eigene Fernbedienung und
etwas mehr Taschengeld als bisher, so ungefähr,

vielleicht, eventuell, gegebenenfalls 10 Euro mehr.

Das reicht auch.

Sonst kauft er doch nur Blödsinn.

Obwohl: Gestern spendierte er uns ein leckeres Eis beim Arbeiten. Das war sehr lieb von ihm und gibt Hoffnung, dass seine Entwicklung gut verlaufen wird. Zu unser aller Nutzen.

Birgit und Volker: Also gibt es ein, sogar sehr schönes, Leben nach der Arbeit für uns. Für jeden einzeln, aber oft auch für uns beide gemeinsam und manchmal sogar für uns drei zusammen, wenn Dani mit dabei ist.

Wichtig daran ist uns, wir haben Spaß, alle, fast immer, wir machen aus allem das Beste, jedenfalls versuchen wir das immer und wir haben viel zum Lachen.

Lachen ist gesund. Und man sollte sich selbst sowieso nie zu ernst nehmen.

Manchmal bieten wir nämlich für andere auch Anlass über uns zu lachen, das gehört bei unserem Leben nach der Arbeit dazu und stört uns nicht die Bohne.

Außenwirkung auf Kollegen (von Besorgnis bis genervt)

Birgit: Jetzt fange ich mal mit dem nächsten Kapitel an, Volker wollte das so. Wenn es misslingt, bin also nicht ich schuld!
Ich saß ihm im Büro beim Käffchen gegenüber, und wir diskutierten über das Werk, welches du gerade in den Händen hältst.
Du, ja du da!
Schön, dass du noch weiterliest, Danke für dein Durchhaltevermögen.
Findest du, dass man sich um uns Sorgen machen muss?
Kannst du dir vorstellen, mit Kollegen wie Volker und mir zusammen zu arbeiten?
Nun, es kommt ganz sicher auf die beruflichen Umstände an, und auch wir vermeiden es selbstverständlich, unangebrachte nervige Impulse nach außen dringen zu lassen.
Mal davon abgesehen, dass Humor, welcher auch immer, den Alltag allgemein erträglicher gestaltet, sind Volker und ich beruflich in einem

Bereich tätig, welcher einen mal ganz schnell auf den Boden der Tatsachen zurück holt. Vom überwiegend hohen Stressniveau will ich gar nicht erst anfangen zu berichten.

Denn darum geht es hier nicht.

Hier berichten wir humorvoll über eine entstandene Freundschaft über das gute kollegiale Verhältnis hinaus, welches unser Berufs- und Privatleben bereichert.

Ja, wir lachen viel! Und das ist gut so!

Wie das unsere Mitarbeiter und Vorgesetzten finden?

Nun, ich kann es nur erahnen. Der Titel dieses Kapitels sagt wohl schon alles. Und die Blicke unserer Kollegen meistens auch. Einige danken uns gelegentlich für das gelungene Entertainment, verlassen dann aber meist recht zügig das Büro. Andere fragen besorgt nach, ob alles in Ordnung ist zwischen Volker und mir, um dann die Moderation in einem eventuellen Beratungsgespräch anzubieten.

Aber uns ist ja nicht zu helfen, weil wir nun mal so sind wie wir sind. Das sich zwei so spezielle und doch so unterschiedliche Typen wie wir kennen lernen und dann auch noch verstehen, ist für das berufliche Umfeld sicher nicht immer ganz einfach.

Volker: Wenn ich mal, was sehr selten vorkommt, einen Arbeitstag lang nicht direkt mit Birgit zusammen arbeite, wenn wir also mal getrennt arbeiten, weil vielleicht einer von uns beiden frei hat oder einen eigenen Außentermin hat und dergleichen, kann es zu besorgten Nachfragen von Kollegen kommen.

Besonders einer, wirklich sehr lieben und gutherzigen Kollegin fällt das dann immer sofort auf und sie fragt dann eigentlich immer sogleich nach, ob bei uns beiden, also Birgit und mir alles gut ist. Oder ob wir gerade etwa eine kleine Meinungsverschiedenheit hätten, gerne ergänzt um den, ganz sicher, echt fürsorglich gemeinten Zusatz: „Dass du mir die Birgit auch ja gut behandelst, ärgere die ja nicht, immer schön lieb sein, vertragt euch ja, ich möchte da keine Klagen hören müssen!" Dasselbe bezogen auf mich hört Birgit dann natürlich auch, in etwa dermaßen: „Ist auch alles in Ordnung zwischen euch? Ich habe euch jetzt schon zwei Tage nicht zusammen gesehen, nicht dass ihr etwa Probleme habt!"

Das ist wirklich echte Besorgnis.

Natürlich gibt es auch andere Reaktionen, als ich kürzlich der lieben Birgit eine kleine lieb gemeinte Nachricht an der zuvor von mir geleerten Kaffeekanne im Büro hinterließ kam es überraschend zu einer ganz anderen Reaktion.

Dazu muss hier natürlich erst einmal diese kleine Nachricht aufgezeigt werden um das sich anschließende kleine Unterhaltungsdrama verständlich und nachvollziehbar zu machen.

Natürlich wird der geneigte Leser sofort die Überreaktion die darauf folgte erkennen und keinstenfalls gutheißen können.

Ich wurde ein Opfer, dabei hatte ich gar nichts gemacht, fast nichts jedenfalls, also vielleicht ein bisschen was, eventuell, vielleicht.

(Ein lieber, kollegialer Gruß am Morgen)

Als ich also im Büro meinen Morgenkaffee
genüsslich trank, denn wer überpünktlich
erscheint bekommt auch was vom ersten
gebrühten Kaffee ab, erschien Birgit als Letzte.

Die Bürotür schwang auf und die ungekrönte
Königin des Büros erschien. Perfekt gestylt, wie

immer, gut gelaunt, das iPhone in der Hand und damit irgendwas sendend oder empfangend.

Sie flötete ein (noch) gut gelauntes „Morgen ihr Schlümpfe", stellte ihr Täschlein ab, ihren Rucksack auch, packte ihre Sachen aus an ihrem Lieblingsplatz am Esstisch und schickte sich an, ihre Kaffeetasse herauszuholen.

Höchste Zeit für mich, ein etwas sichereres Terrain aufzusuchen. Denn eines habe ich schon gelernt inzwischen, Birgit nicht ärgern, wenn der Fluchtweg nicht optimal frei erreichbar ist. Birgit ist nämlich verdammt schnell und ihr Verhalten ist nicht unbedingt von überzeugtem Pazifismus geprägt.

Ich entschloss mich, möglichst unauffällig, ins Nebenzimmer zu unseren Chefs zu gehen, um den Wochenarbeitsplan in Augenschein zu nehmen.

Der Plan war, mich dort solange, auf vermeintlich sicherem Terrain aufzuhalten, bis sie die nächste Kanne Kaffee gebrüht hätte, ihre erste Tasse dann trinken würde und sich eventuell beruhigt hätte, oder einfach altersbedingt, weil Ü40, vielleicht sogar vergessen hätte, dass sie den Kaffee selbst kochen musste, weil jemand die letzte Tasse nahm ohne neuen Kaffee zu kochen.

Soweit mein Plan. Leider funktionieren meine Pläne nicht immer. Eigentlich funktionieren sie meistens eher nicht, obwohl ich mir wirklich Mühe gebe beim Ersinnen diabolischer Pläne.

Ich sprach gerade mit einem unserer beiden bereits anwesenden Chefs, nennen wir ihn mal, rein fiktiv natürlich, Ch.

Just während des Gesprächs hörte ich diese sonderbaren, schnellen, kurzen Trippelschritte. Jeder in einer Partnerschaft lebende Mann, der seine werte Lebensgefährtin mal etwas verärgert hat, kennt diesen Klang der Schritte, wenn die Frau sich ärgerlich nährt und erstarrt meist in Schockstarre. Oder sucht ein günstiges Versteck. Ich hatte für diesen Fall ja nun sicheres Terrain betreten, dachte ich, denn dass diese von weiblicher, natürlich völlig unberechtigter, Wut getragenen Schritte, zu Birgit gehörten war mir sofort klar.

Ich kenne diesen schnellen Trippelschritt von
Zuhause und ich kenne ihn inzwischen von
Birgit. Ich bekam Angst, ließ mir aber erst mal
nichts anmerken. Ich glaubte zu bemerken, dass
Ch. diesen Schritt auch kannte, genauso wie sein
Stellvertreter, es kam eine ängstlich gespannte,
erwartungsvolle Stille auf.

Und schon stand Birgit in der Tür.
Ich wich unwillkürlich zwei Schritte zurück.
Birgit stand mit den Armen an der Hüfte
abgestützt da, kniff die Augen zusammen, sah
mich an und sagte nur: „Los rüber mit dir, du
hast da noch was zu tun."
Natürlich war ich mir keiner Schuld bewusst,
jedenfalls versuchte ich zumindest so
auszusehen und fragte: „Wieso, was ist denn?"
Falsche Antwort zur falschen Zeit. Birgit zischte
was von: „Du kochst jetzt Kaffee, aber ganz
schnell Freundchen, sonst ……"
Ich war mir sicher, dass sie ihr 50 cm Holzlineal
schon irgendwo griffbereit liegen hatte und
spielte auf Zeit. Ich stand schließlich bei meinen
Chefs, beides verheiratete Männer, deren
Solidarität stand eigentlich völlig außer Frage für

mich. Schon wieder falsch gedacht. Natürlich, die sind verheiratet, die wissen wann man als Mann einer leicht verärgerten Frau gegenüber besser die Klappe hält. Hätte ich auch wissen können, nein wissen müssen, naja meine Pläne funktionieren eben nicht immer, aber das hatten wir ja schon.

Birgit kam jetzt einen Schritt auf mich zu, zeigte mit der rechten Hand, in einer ziemlich unmissverständlichen Geste in Richtung unseres Zimmers und zischte: „Los rüber jetzt, aber dalli." Mein offenbar hilfesuchender Blick wurde von Ch. mit einem bedauernden Blick und einem wissenden Grinsen erwidert und er äußerte sich dahingehend, dass er die Klärung dieser Sache uns beiden überlässt, als wenn ich da noch irgendetwas mit zu klären gehabt hätte. Hatte ich da etwa sogar eine kleine gehässige Schadenfreude wahrgenommen oder bildete ich mir dies nur ein? Egal, ich fügte mich widerwillig, etwas zu langsam offenbar, den noch vor unserem Büro gab es im Flur einen kleinen Antriebsklaps von der kleinen Bürofurie, um meine Geschwindigkeit zu erhöhen, Birgit wollte ihren Kaffee und zwar schnell und unverzüglich.

Den hat sie auch bekommen und zwar schnell und unverzüglich.

Sicher trägt auch derartiges Necken zur Unterhaltung unserer Kollegen bei, ich kann mir vorstellen, dass das manchmal auch etwas nervig sein kann, aber hey, wir sind deutlich Ü40 und leben noch relativ uneingeschränkt ohne eigenen Pfleger, also bitte habt ein Nachsehen, wir wollen doch nur spielen.
Außerdem zaubert sowas, ja sogar sowas leicht Nerviges, fast immer ein Lächeln auf das Gesicht der Kollegen, sogar der Chefs, jedenfalls meistens, selbst wenn es ein ganz leicht schadenfrohes Lächeln sein sollte.

Manchmal kommen die sogar rüber um ein bisschen gute Laune zu tanken, glauben wir zumindest, vielleicht kommen die aber auch nur zu uns rüber, um zu verhindern, dass wir zu ihnen ins Büro kommen, wer weiß das schon?

Von Bademänteln und Duschoutfit

Volker: Es geht noch eigenartiger. Wir arbeiten in einem sehr alten, für die Bedürfnisse moderner Arbeitsmethoden nicht konzipierten Gebäude.

Natürlich gibt es dort für die Beschäftigten auch sanitäre Anlagen und auch einen Duschbereich, wie es sich gehört getrennt für Männer und Frauen. Die Damenduschen sind im Erdgeschoss, die Männerduschen im ersten Obergeschoss. An sich also nichts Besonderes, wenn nicht die eigenartige bauliche Gegebenheit wäre, dass sowohl vom Umkleidebereich der Frauen als auch dem Umkleidebereich der Männer gar kein direkter Zugang zu den jeweiligen Duschen vorhanden wäre.

Zugegeben, die meisten Kollegen treiben gar nicht so viel Arbeitssport, obwohl uns dieser in der Arbeitszeit gestattet wird. Es sind wohl sogar die Wenigsten, die regelmäßig den Arbeitssport in Anspruch nehmen und so sind auch eher weniger Kollegen auf die Duschen so regelmäßig angewiesen. Birgit und ich nehmen das Arbeitssportangebot sehr gerne und regelmäßig in Anspruch, was zur Folge hat, dass wir im Anschluss auch selbstverständlich duschen gehen.

Um unsere jeweiligen Duschen zu erreichen, müssen wir unseren Gebäudeflügel verlassen, durch einen kleinen Bereich mit Publikumsverkehr gehen und dann einen Hof überqueren, in dem sich auch der Raucherbereich für die nikotinsüchtigen Kollegen befindet.

Einige Kollegen gehen dann in ihrem Sportoutfit rüber zur Dusche, schleppen dann ihre Kleidung zum späteren Umziehen gleich mit, genauso wie alle erforderlichen Duschsachen, Handtücher usw., nur um dann im relativ feuchtem Duschtrackt die dort wegen der Feuchtigkeit klamm gewordenen Umziehsachen anzuziehen und ordentlich über den Hof und durch den kleinen Publikumsbereich durchzukommen.

Das geht natürlich auch einfacher und bequemer.

Wir ziehen unsere wunderbaren echten, alten Retrobademäntel an, schlüpfen in unsere Duschschlappen und wandeln in diesem Outfit zwangsläufig erst durch den kleinen Bereich mit Publikumsverkehr und dann an den Raucherkollegen im Hof vorbei in den Gebäudeflügel mit den Duschen.

Natürlich wundern sich nicht nur eventuelle Besucher aus dem Publikumsverkehr gelegentlich darüber was da so an ihnen vorbeischlappt, sondern auch die Kollegen feiern diesen mutigen, modischen, eher bademodischen Innovationsschub frenetisch. Ein gelegentliches „Hey Schnecki, scharf du Biest" ist da schon mal zu hören, bedenklich dabei ist aber, dass dies meist ich höre und weniger Birgit.

Naja, bei Birgit wäre es auch sicher unangebracht, bei einer Frau darf man(n) das wohl nicht, bei einem Kerl schert sich, mit Recht, niemand darum. Und dass wir nicht empfindlich sind, hat sich sowieso schon im Kollegenkreis herumgesprochen.

Als ich einmal im Büro in meinem Rucksack meine Wechselunterwäsche vergessen hatte, musste ich tatsächlich in diesem Outfit mal in ein anderes Stockwerk latschen, vorbei an unserer damaligen Chefin, die gerade einer neuen Abteilungsleitervertreterin die Räumlichkeiten zeigte. Unsere Chefin sah mich, grinste und erwähnte bei dieser Einweisung gleich: „Ach so, und dass ist unser Herr Meyer."

Ich habe mich natürlich sofort, wie es sich gehört, mit Handschlag und einem: „Guten Tag, Meyer mein Name, sehr angenehm, auf gute Zusammenarbeit," vorgestellt, im Bademantel auf dem Flur.
So kann man natürlich auch, wenn auch unfreiwillig und unbeabsichtigt, einen bleibenden ersten Eindruck hinterlassen.
Ich glaube inzwischen auch fast schon unser Arbeitgeber ändert absichtlich nichts an diesen baulich eher unorthodoxen Gegebenheiten, die uns zu diesem Catwalk zwingen, um für ein kostenloses Unterhaltungsprogramm mit Sorge

zu tragen, denn Humor und lustige Unterhaltungsprogramme heben natürlich die Arbeitsmoral und daraus folgend die Produktivität. Da arbeiten wir natürlich gerne mit und tragen unseren Anteil daran gerne, ohne zu murren.

Natürlich möchten wir dem Leser dieses Bild nicht vorenthalten, weisen aber darauf hin, dass wir für daraus resultierende psychische Folgebelastungen keine Haftung übernehmen, wer sich eher leicht ästhetisch aus der Fassung bringen lässt, möge doch besser die folgenden Seiten überblättern.

Etwaige finanzielle Angebote zum Erwerb dieser wunderbaren, äußerst kleidsamen, Dusch -und Bademode, im Retrostil bitten wir über den Verlag an uns heranzutragen, wir wären unter Umständen bereit an den Höchstbietenden zu veräußern. Dabei sollte aber schon ein mindestens dreiwöchiger Luxusurlaub in der Karibik für alle beteiligten Handlungspersonen dieses Buches herausspringen. Obwohl, Birgit kriegt so leicht Sonnenbrand, *die könnte ich

*Meckernde Birgit: Ich neige gar nicht zum Sonnenbrand! Frechheit!

zur Not auch hierlassen, wenn der Erlös nicht reichen sollte. Und Dani zur Not auch, die kriegt nämlich noch leichter Sonnenbrand, die wandelnde kleine Sommersprosse. Das würde den Erholungswert in der Karibik auch steigern.

(Dieser Anblick sorgt gelegentlich für viel Heiterkeit bei Kollegen)

Birgit: Die baulichen Gegebenheiten und die daraus resultierenden wunderbaren Bademodenoffenbarungen hat Volker gut beschrieben. Genau so spielt es sich mehrmals die Woche ab. Ich kann mich erinnern, dass mir diese Situationen am Anfang, als ich noch neu in dieser Betriebsstätte war, sehr unangenehm waren. Scheinbar gewöhnt man sich irgendwann an alles. Und inzwischen finde ich es sogar lustig, wenn ein neuer Kollege unsere Duschoutfits das erste Mal bewundert.

Aber wenn der geneigte Leser glaubt das wäre schon alles zu diesem Thema kann ich noch einen draufsetzen:

Vor ungefähr einem Jahr wurden die Herrenduschen komplett entkernt und neugestaltet.

Dies hatte zur Folge, dass Kolleginnen und Kollegen sich die Damendusche teilten.

Zur Orientierung, ob sich gerade Männlein oder Weiblein reinigen, gab es ein Schild außen an der Duschraumtür. Dort konnte markiert werden, welches Geschlecht gerade die Räumlichkeit nutzt.

Ich schlappte also eines Tages verschwitzt in meinem Haut-Couture-Bademantel vorbei an Publikum und qualmenden Kollegen über den Hof Richtung Dusche. An der besagten Tür war die Markierung auf „Mädchen". Ich war entzückt, dass ich nicht warten musste und stieß vergnügt die Tür auf.

Da stand er, der überrasche Kollege und da stand ich, die nicht weniger überraschte Kollegin. Der einzige Unterschied war, ich trug meinen verführerischen Bademantel, er nichts.

„Entschuldigung, das Schild stand auf Frauen", versuchte ich zu erklären.

„Da ist ein Schild?", gab der Nackedei überrascht von sich.

„Ok, ich warte dann mal draußen!", grinste ich.

Beim Schließen der Tür war ich ganz zufrieden, dass ich bei meiner Expedition auf ein ansehnliches Exemplar gestoßen bin. Es hätte wirklich schlimmer kommen können.

Die nächsten duschwilligen Damen erschienen vor Ort und da die Markierung immer noch nicht geändert wurde vor Schreck, weder von ihm als auch von mir, hatte eine schon die Türklinke in der Hand. In letzter Sekunde konnte ich die Kollegin am Öffnen hindern. Das wäre für den armen Kerl wahrscheinlich doch langsam zu viel Publikum geworden.

Oder ich hätte Nummernkarten für die Bewertung ausgegeben sowie Prosecco und Kräcker für die Gemütlichkeit, natürlich gegen Gewinnbeteiligung.

Vielleicht kann ich den einen oder anderen Kollegen überreden den Überraschten zu geben und wir teilen uns das Preisgeld… Aber da wir inzwischen wieder zwei Duschräume haben, wird aus diesem Nebenverdienst wohl nichts.

Schade!

Kollegiales oder Pflegschaftsverhältnis?

Volker: Ja, was nun eigentlich? In erster Linie würde ich sagen haben Birgit und ich inzwischen ein auf gegenseitigen Respekt beruhendes Freundschaftsverhältnis. Ich vermute das schließt inzwischen auch schon, von Danis Seite aus, Birgit ebenso mit ein, sicher auch umgekehrt.

Angefangen hat es natürlich mit einem kollegialen Verhältnis, denn wir lernten uns vor vielen Jahren auf der Arbeit als Kollegen kennen. Natürlich haben wir auch ganz unterschiedliche Lebensmodelle, aber das ist zweitrangig, wir sind stets bemüht eher das Verbindende zu suchen und das finden wir zwischen uns auch zu Genüge. Außerdem zählt immer noch der Mensch an sich am meisten und da fanden und finden wir sowieso schnell zusammen.

Natürlich benötigt Birgit als Mutter einer erwachsenen Tochter, die noch dazu deutlich Ü40 ist (also Birgit, nicht die Tochter) auch ein

gewisses Maß an Pflege. Damen gesetzteren Alters pflegen gelegentlich an einem gewissen Verlust von Realitätssinn zu leiden. So glaubt sie doch tatsächlich, Männer seien nicht die Krone der Evolution. Allen Ernstes, ich weiß gar nicht wo sie so etwas her hat. Aber natürlich versuche ich ihr diese, spätestens seit Charles Darwin, bekannte Tatsache der Evolutionstheorie immer wieder nahe zu bringen. Wir wollen doch nicht etwa ins tiefste geistige Weltbild des Mittelalters verfallen und an solchen Blödsinn wie den Kreationismus glauben, den neuerdings, vor allem in Übersee einige meiner Meinung nach zumindest teilweise, hartnäckige Schulverweigerer, wieder propagieren.
Dass ich hingegen, eventuell, eine sehr eigene und etwas abgewandelte Form der Evolutionstheorie vertrete weise ich natürlich weit von mir. Jedenfalls solange bis ich wieder an meine Frau, die überaus liebreizende Dani, gerate. Die sorgt dann nämlich meist schnell für eine sofortige, nicht ganz freiwillige, Erdung meines Realitätssinns und ich darf das mit der

männlichen Krone der Evolution nicht mehr öffentlich behaupten.

Mache ich heimlich aber doch, ätsch.

Aber Spaß beiseite, ganz im Ernst, so ein kleines Pflegschaftsverhältnis haben Birgit und ich wohl tatsächlich nämlich doch irgendwie miteinander. Wir passen aufeinander auf, das ist da wo wir arbeiten nämlich nicht falsch und das kann man auch im Privaten machen, denn auch da braucht man vielleicht mal Hilfe oder Rat. Und wir helfen uns gegenseitig, bei allen gegensätzlichen Lebenseinstellungen, denn Freunde machen das so und gute Kollegen auch.

Aber wir haben auch Spaß, jede Menge Spaß, nicht nur auf Arbeit, sondern auch im privaten Bereich.

Aber Bilder sagen mehr als Worte, siehe Folgeseite:

(Birgit, Vanessa, Dani und Volker beim Grillen mit Gin, Sekt, Bier und Spaß)

Birgit: Natürlich passen wir aufeinander auf, die Dani, der Volker und ich. Unsere Töchter leben mehr oder weniger ihr eigenes Leben, und das ist ja auch richtig so. Da kann man die gegenseitige Fürsorge der Tagesform anpassen und aufteilen. Zum Glück habe ich auch eine tolle Familie und weitere liebe Freunde, dann können die beiden sich gelegentlich von mir erholen! Dass ich mit Volker zusammenarbeite, ist ein weiterer Pluspunkt, so eine Art Freundschaft Plus, natürlich moralisch ohne Beanstandung! Ein Schelm, der gedanklich gerade abschweift…

Auf Arbeit ist es bei uns unerlässlich, aufeinander aufzupassen. Unsere Mitarbeiter sind auf ihre unmittelbaren Kollegen überwiegend angewiesen.

Ich bin manchmal auch auf Volker angewiesen. Zum Beispiel immer dann, wenn ich es mal wieder geschafft habe, kurz nach Arbeitsbeginn meinen gesamten Proviant für den Tag aufgefuttert zu haben. Vormittags bin ich immer sehr hungrig, vor allem, wenn wir Sport getrieben haben. Ich bin dann sehr zuvorkommend Volker gegenüber, passe auf, dass seine Kaffeetasse nicht leer bleibt, lobe seine gelungene Frisur und frage so ganz nebenbei mit Unschuldsblick, ob er noch Brote für den Tag hat. Volker fokussiert mich im Gegenzug und weiß natürlich sofort, welches mein Begehr ist. „Jaha, du kannst eine Stulle abbekommen!"

Meine Erleichterung ist unendlich, und ich mache einen ganz kleinen Flick Flack vor Freude im Büro. Der Tag ist gerettet! Meistens vergeht nur wenig Zeit bis wir die Brote, welche von Dani zubereitet wurden, vertilgen. Einen Verbesserungsvorschlag durfte ich noch äußern. Die Bemme wäre noch köstlicher, wenn die einsame Salami Gesellschaft von etwas Blattsalat bekäme oder Gürkchen, ich bin da nicht festgelegt. Volker leitete den Wunsch an Dani weiter.

Und die Brote werden immer besser! Gelegentlich kann ich mich aber bei Volker revanchieren. Er klagte letztens, dass er von seinen Gartentomaten nur selten welche abbekomme, weil die ebenfalls immer hungrige durchtrainierte Tochter meistens schneller ist. Daraufhin kredenzte ich ihm auf Arbeit einen Mozzarella-Tomaten-Teller, verziert mit feinstem Schinken. Diese Tomaten stammten von den selbstgezogenen Pflanzen, welche mir Volker zur Aufzucht und Pflege überließ. Ich glaube, damit hatte er nicht gerechnet.

Ja, wir können uns nicht nur necken. Lieb und aufmerksam sein beherrschen wir ebenfalls, wenn wir wollen.

Und da wir hier unter uns sind, kann ich ja noch ein Beispiel des gegenseitigen Verständnisses offenbaren. Wenn es abends unerwartet an meiner Tür klingelt, stelle ich schon das Bier kalt und klappe die Schlafcouch aus. Mit Tränen in den Augen steht der kleine Volker zitternd im Türrahmen.

„Vater Braun oder der Bulle von Tölz?" frage ich. „Mord ist ihr Hobby mit Jessica Fletcher!", weint es fast an der Tür. Ok, Bier wird nicht reichen. Hier scheint ein speziell gelagerter Sonderfall in Bezug auf das Fernsehprogramm im Haushalt Volker/Dani vorzuliegen.

Dani hat also wieder mal gewonnen und verfügt

über die Fernbedienung.
Ich ziehe Volker tröstend an meine Mutterbrust und greife nach einer Ginflasche auf dem Weg zum Sofa.

Alles wird gut!

Volker: Natürlich werde ich nach dem Ende des Fernsehserienmarathonterrors bei mir zu Hause auch wieder dorthin zurückgeschafft.
Ich verstehe bis heute nicht, weshalb Ingenieure Fernbedienungen für den Fernseher nicht so konzipieren, dass diese einzig und alleine an die Physiognomie großer männlicher Hände angepasst sind und Frauen diese folglich nicht bedienen können.
Das würde zumindest mir viel Leid zu ersparen helfen.

Schlusswort

Birgit und Volker: Das war es oder besser, das war es bis hierher, denn wir machen weiter, genau so, denn so sind wir.

Natürlich erscheint dieses Buch unter dem Bereich Belletristik-Humor, denn da gehört es hin. Manches haben wir vielleicht stilistisch etwas überzogen, manches wurde überhöht oder auch basierend auf verschiedenen Ereignissen zusammengefasst.

Ein bisschen Fantasie ist natürlich auch dabei.

Aber das Meiste basiert auf tatsächlich Erlebtem. Jedenfalls aus unserer Sicht, denn das andere Beteiligte eine ganz andere Sicht der Dinge haben können ist wohl anzunehmen.

Auf alle Fälle bitten wir darum dieses Buch nicht allzu ernst zu nehmen, denn das war nicht unsere Intension. Zum einen nehmen wir uns selbst nicht allzu ernst, ich glaube das war beim Lesen auch zu bemerken. Zum anderen aber sollte es sowieso nicht immer allzu ernst im Leben zugehen, auch wenn es oft unangebracht erscheint etwas auf die leichte Schulter zu nehmen, denn alles hat seine Zeit und seine Unzeit. Die Mischung macht es, auch zwischen Ernsthaftigkeit und Spaß.

Was dieses Buch nicht sein sollte, war eine ständige Bezugnahme auf die unterschiedlichen Lebensmodelle zweier Personen, eines Hetero Daddys und einer Gay Mom und der daraus resultierenden gesellschaftlichen Aspekte. Davon gibt es mehr als genug Bücher, die sich mit dieser „Problematik" befassen. Ganz sicher besser als wir das könnten.

Dieses Buch sollte vielmehr zeigen, wie zwei Menschen mit unterschiedlichen Lebensmodellen, ganz entspannt und völlig zwanglos, ganz besonders ohne einen Zwang zur gesellschaftlichen Korrektheit, miteinander umgehen können und dabei auch noch Spaß haben. Denn ein liberaler und sozial verträglicher Umgang untereinander ergibt sich zwischen zwei Menschen, die vernünftig sozialisiert wurden, von ganz alleine, ohne Zwang, wenn man es nur zulässt. Vor allem wenn man auch mal einen Witz zulässt.

Gesellschaftliche Korrektheit lässt sich nämlich nur schwer erzwingen. Sie lässt sich aber gut erlernen im vorurteilsfreien Umgang miteinander. Das gilt wohl für alle Bereiche des sozialen Zusammenlebens, für den gerechten, gleichberechtigten Umgang zwischen Mann und Frau, Heteros und gleichgeschlechtlich Orientierten, Religiösen und Atheisten, Einheimischen und Zugezogenen, Alten und Jungen usw.!

Einzig gegenseitiger Respekt ist nötig und Humor. Humor hilft immer, denn alle Menschen lachen gerne und haben gerne Spaß. Außer völlig Verrückte, aber von denen gibt es ja gar nicht so viele, hoffentlich.

Noch drei Buchtipps:

Was man als angehender Heide so alles erleben und überleben kann

-Eine humorvolle Suche im Neuheidentum-

Autor: Volker Meyer

ISBN: 978-3-7519-3227-1 Verlag: BoD

Mit einem kurzen Beitrag über Birgits und Volkers Laufgruppe und einem Bild von uns dazu.

Die Steinformation aus Findlingen in Woltersdorf bei Berlin

-Eine fast vergessene Senke mit Steinreihen im Wald-

Autoren: Volker Meyer, Ernst Zienow, Meike Meyer

ISBN: 978-3-7519-6746-4 Verlag: BoD

Ein Sachbuch aus der Heimatkunde. Hin und wieder, allerdings eher selten, joggen Birgit, Dani und Volker und der Rest der Laufgruppe dort sogar mal an der beschriebenen Stelle im Wald vorbei.

Als Donar, Frey und Loki ausgeschlafen haben

-Ein humorvolles Zurechtfinden der alten Hohen im Hier und Jetzt-

Autor: Volker Meyer

ISBN: 978-3-7519-9423-1   Verlag: BoD

Ein Roman, der humorvoll beschreibt wie sich alte Götter, nach langem Schlaf, in der modernen Welt zurechtfinden müssen. Für Leser ab heranwachsende Jugendliche und alle darüber hinaus gehenden Altersstufen gedacht.

Volker: Ein Gedicht

Es trafen sich Zwei auf Arbeit, die hatten zusammen zu tun,

die taten sich zusammen, das habt ihr davon, nun.

Der eine trinkt Bier gern aus Gläsern und hat eine liebe Frau,

die andere trinkt Gin aus der Flasche und wird dabei nicht blau.

Beide haben auch Nachwuchs, das ist bei beiden gleich,

da weiß man wo das Geld blieb, denn so wird man nicht reich.

Doch lieben sie ihre Kinder, viel mehr noch als das Geld,

es gibt ja doch nichts Schöneres, als Kinder auf der Welt.

Auf Arbeit haben sie oft Spaß, das wollen sie zu Hause auch, drum grillen sie oft gemeinsam, mit Bier und Gin und Rauch.

Im Garten des Einen wird dabei oft und viel gelacht,

und auch ein wenig Unsinn wird dabei gern gemacht.

Das Ganze bleibt stets lustig, mit großer Wichtigkeit,

denn dabei werden Problemchen zu einer Nichtigkeit.

Prost!

Birgit: Und noch ein Gedicht

Unter Buchen, unter Linden, wirst du einst zwei
Irre finden,
die rennen durch den Park, Hauptsache nicht
Richtung Sarg.
Sie sollten es wirklich nicht übertreiben,
denn ihre alten Glieder sind schon schön am
Reiben.
Das hält sie aber nicht vom Training ab,
die anderen Läuferinnen halten sie auf Trab.

Die Damen müssen aber nicht ängstlich zucken,
die beiden wollen wirklich nur gucken.

Das Joggen ist hier doch nur zur Therapie,
denn was die Zukunft noch bringt, weiß man ja
nie.
Ist noch genug Luft zum Lachen da,
ist alles einfach wunderbar.

Laufen, grillen, lachen, trinken,
hilft uns nicht im Alltag zu versinken.

Teilst du das mit einem guten Freund,
hast du im Leben nichts versäumt!

ENDE

Coverbild: Arbeitskollegin und Ehefrau beim pädagogischen Einwirken auf den Hausherrn.

Coverbild und Covergestaltung sowie Bilder mit Unterstützung und freundlicher Genehmigung durch Vanessa Klischat, Freiburg.
Sowie Unterstützung bei Covergestaltung und Bildbearbeitung durch Meike Meyer, Potsdam/Rüdersdorf.